Thea Mengeler

Nach den Fähren

Thea Mengeler

Nach den Fähren

Roman

WALLSTEIN VERLAG

Einige Verluste

Der Hafen hat lange keine Fähre gesehen, seit Jahren nicht.
Die Geschäfte an der Promenade sind geschlossen.
Das mit den Schwimmreifen und dem Sandspielzeug.
Das mit den Badeanzügen.
Das mit den gemusterten Strandtüchern.
Das mit den geschnitzten Schüsseln.
Das mit den Pfauentaschen, Pfauenkleidern, Pfauentüchern.
Das mit den Postkarten.
Das mit den Olivenölseifen.
Das mit den Muschelketten und den Armbändern aus Leder.
Keine Touristen mehr in den Cafés, in den Fischrestaurants, den Bars. Keine Kellner mehr in weißen Hemden, kein Ananasverkäufer am Strand. Keine Schirme. Keine Liegen. Selbst die Möwen, die meisten von ihnen, haben sich aufgemacht zu anderen Ufern, vermüllteren Stränden.

Der Sommerpalast

Am Morgen zwei Scheiben geröstetes Brot, eine Tomate aus dem Garten, ein Glas Tee.

Auf einem Tablett nimmt der Hausmeister sein Frühstück mit nach draußen, sitzt unter dem einzigen Schirm am leeren Pool. Einige Blätter auf den blauen Fliesen, etwas Sand, eine einzelne Pfauenfeder. Er sollte den Pool reinigen, morgen vielleicht. Die Fugen schrubben, bis sie die blauen Flächen wieder sauber voneinander trennen.

Der Sommerpalast ist nicht immer ein Hotel gewesen. Eine adlige Familie hatte ihn bauen lassen, um die Sommer hier zu verbringen. Ihre Porträts hängen noch immer in der Galerie. Reihen von Gesichtern, die sich zu ähnlich sehen. Wie fehlerhafte Kopien des immer gleichen Bildes.

Die Familie wurde abgeschafft, der Adel selbst wurde abgeschafft, und aus dem Sommerpalast wurde ein Hotel für alle, die zwar keinen Titel hatten, aber ein Vermögen. Was blieb, waren die Porträts, war die Bibliothek mit den ledergebundenen Büchern, waren Pfauen im Garten. Die Gäste mochten es, dass die Vögel durch den Garten streiften und dass es Federn zu finden gab auf den Wegen.

Als später die weniger reichen Touristen kamen, als man ihnen Hotels und Apartments baute unten am Strand, stickte man grün schillernde Augen auf billige Stoffe, machte Kleider daraus und Taschen, damit auch sie etwas mitzubringen hatten von der Insel.

Die Touristen sind lange fort, doch die Pfauen verstreuen noch immer ihre Federn im Garten.

Der Hausmeister dreht sich zum Sommerpalast, ohne zu wissen, warum. Als wäre da eine Bewegung gewesen hinter den Fenstern, ein Blick durch dunkle Vorhänge. Doch nichts rührt sich, bloß eine Taube fliegt auf vom Dach.

Das gelbe Haus

Die Frau des Generals pfeift, und die Pferde kommen. Gemächlich treten sie aus dem Wald heraus, trotten herüber zu ihr, legen die Nüstern in ihre geöffneten Handflächen. Erst dann machen sie sich über das Futter her, senken die Köpfe in den steinernen Trog.

Damals hatten sie immer gehetzt ausgesehen. Als man sie täglich vor die Kutschen spannte, um Touristen über die Insel zu befördern. Steif nach oben gereckt hielten sie die Köpfe, schienen jeden Moment ausbrechen zu wollen, liefen aber im gleichbleibenden Trott dahin, auch wenn die Hüftknochen fast durch das dünne Fell stachen.

Ihre Besitzer verließen die Insel, ließen die Tiere stehen im Gespann. Als die Frau des Generals sie endlich aus dem Geschirr befreite, staksten sie auf steifen Beinen davon.

Wie jeden Morgen ruft sie das ruhigste der Pferde heran, sattelt es, gibt ihm einen Apfel zu fressen. Dann holt sie den General.

Seine Schritte sind zögerlich, als müsste er bei jedem Schritt von Neuem die Entscheidung treffen, ob er wirklich den Fuß heben sollte. Vielleicht ist es die Angst vor Landminen, die es auf anderen Inseln gab, zu anderen Zeiten. Vielleicht ist es bloß das Alter.

Nur mit Mühe hievt sie ihn auf das Pferd. Doch einmal im Sattel, richtet er sich auf und sein Gesicht nimmt die alte Ernsthaftigkeit an. Und gegen die Würde, die er dort oben ausstrahlt, kommt nicht einmal der Bademantel an, den er jetzt immer trägt. Oder die dürren, spärlich behaarten Beine, die daraus hervorschauen.

Sein Blick geht in die Ferne, größeren Dingen zu, während sie dem Pferd einen Klaps gibt. Es setzt sich in Bewegung, den

Weg ins Dorf hinunter oder hinein in den Wald. Das Pferd entscheidet, denn der General hält die Zügel bloß zum Schein. Und vielleicht ist er seiner Frau so lieber als zu seinen besseren Zeiten.

Manchmal, wenn das Pferd besonders lange fortbleibt, fängt sie sogar an, ihn ein wenig zu vermissen. Dann macht sie ihm Milch warm, wenn er nach Hause kommt, wickelt die Decken fest um ihn. Vielleicht spürt auch er an diesen Abenden, dass etwas anders ist, denn manchmal drückt er später, wenn sie ins Bett kommt, seinen Fuß von unten gegen ihren. Und manchmal erwidert sie den Druck.

Der Sommerpalast

Der Hausmeister schlägt die Decke zurück. Vorsichtig, um den Staub nicht aufzuwirbeln, der dicker liegt als früher, als versuchte er die Abwesenheit der Gäste zuzudecken. Doch vielleicht ist es auch bloß der Wind, der jetzt häufig Sand mit sich trägt.

Er zieht die dünngewordenen Laken ab und frische auf. Ebenso dünn, aber weißer, ein wenig. Er wischt den Staub von Regalen und Nachttischen, kehrt den Schmutz auf dem Boden zusammen. Zuletzt öffnet er die Hähne im Bad, lässt Wasser in Waschbecken und Dusche strömen. Werden die Leitungen nicht regelmäßig durchgespült, steigt Gestank aus ihnen auf. In stinkenden Zimmern will niemand wohnen.

Zwei Zimmer schafft er am Vormittag, jeden Tag zwei.

Früher hatte es Zimmermädchen gegeben. Männer, die im Keller die Wäsche in große Maschinen luden. Kellner hatte es gegeben, Köche, Gärtnerinnen. Heute gibt es bloß ihn.

Ein letzter Blick durchs Zimmer, dann die Vorhänge wieder dicht zuziehen, damit die Sonne die Möbel nicht bleicht und den Teppich am Fußende des Betts. Zwei Zimmer am Vormittag, jeden Tag zwei.

Er schließt die Tür leise, als gäbe es noch Gäste, die er stören könnte, öffnet die Tür zum nächsten Zimmer.

Dort auf dem Bett eine Wölbung, und kurz denkt er, eine der Katzen habe es geschafft, sich hereinzuschleichen. Doch zu groß die Wölbung, zu groß der Körper unter der Decke.

Er könnte die Tür wieder schließen, gehen.

Er könnte das Zimmer durchqueren, die Vorhänge öffnen.

Doch er bleibt stehen, wartet. Wartet, bis etwas sich rührt, die Decke zurückschlägt, sich aufrichtet, bis die Silhouette eines Körpers sich abzeichnet vor dem schwachen Licht, das durch die Vorhänge dringt. Ein schmaler Körper, Kinderkörper.

Ist es schon Mittag, fragt eine Stimme, weiblich, jung.

Nein, sagt er. Nicht ganz.

Er meint, ein Nicken zu sehen, und sie steht auf aus dem Bett, geht die wenigen Schritte zum Fenster, öffnet die Vorhänge.

Der Hausmeister blinzelt, und die Gestalt scheint sich aufzulösen im plötzlichen Licht. Unter tanzenden Lichtpunkten sieht er glattes dunkles Haar, dichte Brauen über kleinen Augen, sieht ein rundes, sehr rundes Gesicht. Kein Kindergesicht. Nicht ganz.

Wo kommst du her, will er fragen, sind die Fähren zurück?

Wie heißt du, fragt er stattdessen.

Ada, sagt sie.

Hast du Hunger?

Ein wenig.

Der Hausmeister verlässt das Zimmer, geht in die Küche, röstet Brot, viertelt Tomaten, schneidet Gurken in feine Streifen. Während das Teewasser kocht, wischt er die glänzenden Metallflächen der Küche, trocknet das Waschbecken mit einem alten Geschirrtuch.

Als er das Tablett nach draußen trägt, sitzt Ada bereits am leeren Pool. Die Beine im Becken, als wäre Wasser darin, das ihre Füße kühlt.

Einige Verluste

Der Kaffee geht als Erstes zur Neige. Der richtige. Er war mit den Fähren gekommen in großen Säcken, und es dauert eine Weile, bis sie das Getreide so zu rösten lernen, dass es ein Ersatz ist.

Sie gewöhnen sich an den Geschmack mit der Zeit, doch was bleibt, ist das Bewusstsein eines Mangels.

Auch die tropischen Früchte kommen nicht mehr mit der Fähre, die Drachenfrüchte, die Mangos.

Das Schwarzbrot kommt nicht mehr und die Teebeutel.

Man bringt sie zu anderen Inseln. Dorthin, wo die Touristen nun liegen, an den Stränden mit feinerem Sand, an den Küsten mit blauerem Meer.

Den Touristen baut man neue Hotels, andernorts.

Man wartet andernorts auf sie zu Beginn des Sommers.

Der Hafen

Der Hausmeister geht in den Ort am nächsten Tag, sieht schon von Weitem, dass keine Fähre im Hafen liegt.

Doch das heißt nichts, denkt er, auch früher blieben die Fähren nie lange, spuckten ihre Passagiere an Land, nahmen neue an Bord, legten ab.

Die Straßen sind leer wie immer. Nur eines der Pferde senkt den Kopf in einen Blumenkübel, zupft Gras und Unkraut heraus.

Der Hausmeister sucht nach Spuren. Nach Licht in einem der Hotels, nach geöffneten Läden an einem der Ferienhäuser. Er findet keine. Geöffnet sind bloß die Läden am Häuschen des Hafenwärters. Der sitzt dort wie immer, das Hemd weiß, die Uniform gebügelt, in Erwartung der nächsten Fähre.

Der Hausmeister nähert sich wie zufällig, wie beiläufig, grüßt. Der Hafenwärter nickt.

Wie geht's, fragt der Hausmeister, und: Gibt es Neues?

Neues, wiederholt der Hafenwärter als wüsste er nicht um die Bedeutung des Wortes.

Eine Fähre vielleicht, sagt der Hausmeister. Ein Fischerboot.

Nein. Nein, nicht in letzter Zeit.

Der Hausmeister nickt, wendet sich um.

Vielleicht morgen, sagt der Hafenwärter. Vielleicht kommen die Fähren morgen wieder.

Der Strand

Die Sonne steht tief, das Meer ist träge, bloß eine Schaumspitze durchbricht gelegentlich das Immerblau.

Ein Tag, an dem die Leute früher dicht an dicht am Strand gelegen hätten. Die Haut klebrig von Sonnencreme, die sie von den Wellen abwaschen ließen. Wenn das Meer besonders ruhig war, meinte man fast, eine ölige Spur auf der Wasseroberfläche schimmern zu sehen.

Nur die Doktorin ist noch hier und schert sich nicht darum, dass die Wellen heute niedrig sind, ideal zum Schwimmen. Weil sie ohnehin nie schwimmt. Egal, ob das Meer ruhig ist, egal, ob ihr der Schweiß in kleinen Perlen auf der Stirn steht. Ihre Haut ist dunkel wie gegerbtes Leder von Jahren in der Sonne.

Die Doktorin dreht sich noch einmal vom Bauch auf den Rücken, schaut dem Licht zu, das zersplittert über den Wellen liegt, sich mit dem Sinken der Sonne zusammenzieht, einen Pfad legt über das Wasser hin zu ihr, sich gelb färbt, rot färbt, dann verblasst.

Als die Sonne mit einem letzten Aufblitzen verschwindet, rollt die Doktorin ihr Handtuch zusammen, geht mit sinkenden Schritten hinauf zur Bar.

Das gelbe Haus

Der General presst die Lippen fest zusammen beim Anblick der Brote. Aber schließlich muss er doch nachgeben, wenn er nicht hungrig zu Bett gehen will. Früher hätte er den Teller gegen die Wand geworfen, und sie hätte die Scherben aufgekehrt, fortgeräumt. Heute schiebt sie das Brot in kleinen Stückchen zwischen seine Lippen, räumt danach ihn fort.

Wie jeden Abend vor dem Schlafen setzt sie den General in die Wanne, wäscht ihm den Schweiß vom Tag ab, den Geruch nach Salz und Pferd. Was sich nicht abwaschen lässt, ist der süßliche Geruch alter Leute. Sie legt sich Lavendel unters Kopfkissen, um ihn nicht zu riechen in der Nacht.

Als er festgesteckt unter den Decken liegt, lässt sie sich in eine Wanne voll kalten Wassers gleiten, den Blick hinaus durch die großen Fenster.

Es gab Leute, die sie gewarnt hatten, dass man durch diese Fenster ins Haus würde hineinsehen können, wenn die Hotels höher den Berg hinaufwandern würden. Und tatsächlich begann man mit dem Bau neuer Hotels, tatsächlich rückten sie näher heran an das gelbe Haus. Aber dann waren die Fähren fortgeblieben, und die Hotels hatte nie jemand fertig gebaut. Über die Bauruinen hinweg schaut sie aufs Meer.

Manchmal meint sie, Punkte zu sehen, die sich auf die Insel zubewegen. Dann stellt sie sich vor, es wären Fähren, die zurückkämen. Eines Tages lägen sie einfach wieder im Hafen, und alles ginge weiter, als wäre es nie anders gewesen. Sie würde endlich an Bord einer Fähre gehen. Und das Letzte, was sie sehen würde, wenn sie sich vom Ufer entfernte, wären diese weit geöffneten Fenster.

Der Sommerpalast

Der Hausmeister hat nie gewusst, wie man Gespräche anfängt, und er weiß es auch jetzt nicht. Er weiß nicht, wie er fragen soll nach Adas Herkunft, ihrem Herkommen, nach ihr. Also fragt er nicht. Fragt bloß, ob sie Hunger hat, Durst. Ob sie Kleidung braucht. Ob er ihr den Pool mit Wasser füllen soll.

Er ist froh, diese Dinge für sie tun zu können. Ist froh, irgendetwas tun zu können.

Er sucht Kleidung für sie in der Kiste mit zurückgelassenen Dingen. Er findet ein Kleid, ein Paar Schuhe, einen Badeanzug. Er kocht Tomatensuppe und Milchreis.

Den Pool füllt er randvoll und schaut Ada zu, wie sie auf dem Rücken im Wasser treibt.

Ada bewegt sich durch den Sommerpalast, als gehörte er ihr, streift durch die Zimmer und schläft jede Nacht in einem anderen Bett. Oft findet der Hausmeister sie in der Bibliothek auf dem Boden, Bücher um sie herum.

Er kommt, um zu fragen, woher sie kommt, wie es möglich ist, dass sie hier ist. Doch jedes Mal fragt er bloß, ob sie hungrig ist, ob sie Tee mit ihm trinken möchte im Garten. Jedes Mal nickt sie, jedes Mal folgt sie ihm, jedes Mal sitzen sie sprachlos zusammen, bis er aufsteht, um das Gemüse zu wässern, den Boden des Foyers zu wischen, den Hund zu füttern. Und sie verschwindet wieder hinein ins Hotel, geht ihm in den Zimmern verloren.

Einige Verluste

Was verloren geht, ist die Enge.
Das dicht an dicht am Strand Liegen.
Das beieinander Stehen im flachen Wasser.
Das Sitzen auf vollbesetzten Terrassen.
Das Wohnen in ausgebuchten Hotels.
Das Spazieren in vollen Gassen.
Das Anstehen am Eisladen.
Das Anstehen für Kutschfahrten.
Das Anstehen für ein Foto mit dem Pfau am Markt.
Was verloren geht, ist die Nähe.

Der Sommerpalast

Der Hausmeister schreckt hoch beim Reinigen des ersten Zimmers am Morgen. Ein Schrei? Nein. Ein Lachen. Ada lacht.

Der Hausmeister versteht sein Erschrecken nicht, bis ihm klar wird, dass er lange kein Lachen gehört hat. Hier nicht. Vielleicht überhaupt nicht.

Er späht aus dem Fenster, sieht sie mit einem Buch in der Hand am Pool. Sie lacht noch einmal laut über etwas Gelesenes. Sie klappt das Buch zu und springt ins Wasser, taucht prustend wieder auf.

Immer wieder beobachtet er Ada von fern, als könnte der Abstand, der räumliche Abstand eine Klarheit bringen, doch je mehr er sie beobachtet, desto unklarer wird sie ihm. Manchmal scheint sie ihm beinahe erwachsen. Wenn sie Kräuter für Tee aus den Beeten zupft. Wenn sie isst, langsam, mit kleinen Bissen. Wenn sie Krümel mit dem Finger aufklaubt und auf den Teller streicht. Wenn sie das Haar zu einem strengen Zopf zurückbindet, bevor sie ein Buch aufschlägt. Doch dann lässt sie im Pool das Wasser hochspritzen. Dann schlittert sie über den Marmorboden des Foyers oder legt sich zum Hund, um ihm den Bauch zu kraulen. Dann betrachtet sie mit großen Augen die kleinen Tiere, die der Hausmeister ihr aus Papier faltet. Dann wird ihr Gesicht weicher, jünger. Dann weiß er, dass er ein Kind vor sich hat.

Der Hausmeister beobachtet die Pfauen, die um Ada herumschwärmen, ihre Fächer aufblättern. Sie lassen sich nieder in ihrer Nähe, sitzen am Rand des Pools, während sie schwimmt. Der Hausmeister hat die Pfauen nie so erlebt. Selbst wenn er kommt, um Ada etwas zu trinken zu bringen, um sie zum Essen zu rufen, schrecken die Vögel nicht auf. Und wenn Ada zum Haus zurückgeht, rascheln sie noch ein paar Schritte hinter ihr her, bevor sie ausschwärmen in den Garten, zurück in die Büsche.

Der Hausmeister beobachtet sich selbst, wie er Ada beobachtet. Er fühlt sich unwohl mit sich. Er geht, er versucht, seine Arbeit fortzusetzen wie immer. Aber er schafft bloß noch ein Zimmer am Vormittag, jeden Tag eins.

Apartment 3B

Die Doktorin sitzt auf der schmalen Terrasse vor dem Apartment. Gerade genug Platz für einen Tisch ist hier, zwei Stühle aus Plastik. Das Weiß von Tisch und Stühlen ist lange schon grau geworden, doch im Licht der Glühbirne sieht es beinahe aus wie damals.

Um die Lampe hängt eine Wolke von Mücken wie ein flimmernder Schatten, und im schwachen Licht sitzt die Doktorin mit einem Buch. Liest wie an jedem Abend, sieht nicht auf von den Seiten, sieht nicht den durch Hotels abgeschirmten Nachthimmel. Erst das knallende Erlöschen der Lampe unterbricht ihr Lesen.

Sie bleibt sitzen eine Weile, im Dunkeln. Bis ihre Augen sich gewöhnt haben an den schwachen Schimmer des unvollständigen Monds.

Sie setzt die Füße vorsichtig die drei Stufen hinunter von ihrer Terrasse, die drei Stufen zu einer anderen Terrasse hinauf. Sie dreht die Glühbirne aus der Fassung. Es gibt noch für Jahre genug davon.

Sie geht zurück auf ihre Terrasse, dreht das noch heiße Glas mit einem Stück Stoff heraus, dreht die neue, kühle Birne in die Fassung. Der Kontakt ist da, das Licht brennt ihr in den Augen. Es scheint der Doktorin sauberer, unverbrauchter. Doch der Eindruck hält nicht an. Schon als sie später am Abend das Licht löscht, denkt sie nicht mehr daran.

An den Wänden des Apartments stapeln die Bücher sich wie eine papierne Isolierung. Es beruhigt sie die Anwesenheit der Bücher. Es beruhigt sie, bloß die Hand ausstrecken zu müssen, um Papier zu berühren, raue Leineneinbände, manchmal Leder.

Zum Einschlafen liest sie im Wechsel die immer gleichen drei Bücher.

Unter dem Feigenbaum ist das Licht wie grün getränkt und der Hausmeister sitzt gegen den Stamm gelehnt, die Augen schwer von der Mittagshitze.

Damals, als es noch Gäste gab, war er oft frühmorgens hergekommen, hatte hier gesessen, fünf Minuten oder zehn, bevor er Feigen pflückte für das Frühstücksbuffet.

Im ersten Jahr, in dem die Fähren fortblieben, trug der Feigenbaum so schwer, als wollte er eine Leere füllen. Der Hausmeister wusste nicht, wohin mit all den Früchten, hielt sich fern vom Baum, unter dem die Wespen in die überreifen Feigen tauchten. Wochenlang lag der faulig süße Geruch über dem Garten. Seither kocht er die Früchte zu Marmelade ein, mit der er seinen Tee süßt.

Aber noch ist nicht die Zeit dafür, noch sind die Früchte klein und fest und grün, wie geschwollene Blätter.

Der Hausmeister ertastet etwas Hartes im sandigen Boden. Mit den Fingernägeln legt er eine Murmel frei, groß wie die Kuppe seines Daumens. In den Glaskörper eingeschlossen sind Schlieren aus unterschiedlichen Grüntönen, und als das vom Wind bewegte Licht sich im Glas fängt, meint er fast, das Grün wogen zu sehen, wie die Blätter über ihm. Und für einen kurzen Moment erblickt er sich in dem Grün, sieht sich unter nur kurz den Blick freigebenden Blättern, sieht sich eine Murmel halten, sieht sich selbst sich selbst sich selbst halten unter sich unendlich fortsetzendem Grün. Er richtet den Blick nach oben und ist wider jede Vernunft erleichtert, nicht sein eigenes Gesicht zu sehen hinter dem Blätterdach, sondern bloß das immer gleiche Blassblau des Himmels.

Er schließt die Hand um die kleine Glaskugel. Als Kind hatte er solche Murmeln besessen. Er hatte nie viel damit anzufangen gewusst, doch er schaute sie gern an, diese von farbigen Schlieren durchzogenen Kugeln, ließ sie auf der Handfläche gegeneinanderklackern. Später wird er die Murmel Ada geben. Er bringt ihr jetzt häufig kleine Geschenke mit. Einen tiefschwarzen Stein, geformt wie ein Ei, das sich glatt und weich in die Hand schmiegt. Eine versteinerte Muschel, eine Pfauenfeder. Und eine kleine goldene Haarspange, die er in einer der Dachkammern fand, als er hochstieg, um zu sehen, ob das Dach den nächsten Winter überstehen würde.

Es ist ein kleiner Vogel mit ausgebreiteten Schwingen, und als Ada ihn in ihr Haar schiebt, scheint es, als flöge er über tiefdunkle See. Sie trägt die Spange, als hätte sie ihr schon immer gehört. Der Hausmeister ist nicht sicher, ob sie den Vogel schon bei ihrer Ankunft getragen, ob sie selbst ihn in der Dachkammer verloren hat. Die Zeiten geraten ihm durcheinander und er meint, Ada zwischen anderen Kindern zu sehen, in ihrem Haar ein kurzes goldenes Aufblitzen, als sie durch die Türe nach draußen stürmt.

Spät, wenn die Nacht die Luft abkühlt, holt die Frau des Generals das Beil, schlägt hinter dem Haus Holz in schmale Scheite. Sie mag die Schwere des Beils, das Sirren wie ein Durchtrennen der Luft, das harte, trockene Geräusch, wenn Metall auf Holz trifft, Metall Holz spaltet, dann das Klappern der Scheite im Korb.

Früher hatte der General das Holz gehackt, doch als er das erste Mal einen Stuhl auf den Block legte, als er ihn zerschlug, als er ihren Ärger nicht verstand, da versteckte sie das Beil, übernahm die Arbeit selbst, nachts, wenn er schlief.

Anfangs fiel es schwer, das Beil blieb stecken im Holz, und Tage später noch schmerzten die Arme. Doch ihr Körper hat sich gewöhnt an die Anstrengung, tut die Arbeit fast von allein. Platzieren. Schwung holen. Spalten. Platzieren. Schwung holen. Spalten. Sie überlässt sich dem Rhythmus wie den Schritten eines Walzers.

In diesen Nächten schläft sie tiefer, ruhiger. Die Träume sind blass geworden mit den Jahren. Sie träumt von der Ernte, vom Versorgen der Pferde, vom Blick über das Meer. Nur vom General träumt sie nie.

Der Sommerpalast

Ada ist nicht mehr im Garten und das Tor zum Wald steht offen. Im Hausmeister pocht eine Unruhe hoch bis zum Hals. Vielleicht ist sie runter zum Ort. Vielleicht fort.

Er verlässt den Garten in Eile. Das Tor zu schließen, vergisst er dennoch nicht.

Der Hausmeister braucht nicht lange, um Ada zu finden. Sie ist nicht weit gegangen, nur bis dorthin, wo der Wald sich öffnet, den Blick zum Meer freigibt. Sie rührt sich nicht, rührt sich auch nicht, als der Hausmeister sie anspricht. Ihr Blick geht durch die Baumkronen hinweg zum Ort, zu den Hoteltürmen, zum Meer.

Der Hausmeister fragt, was sie hier tue. Ob sie etwas suche. Als sie noch immer nicht reagiert, als sie noch immer bloß dasteht, hebt der Hausmeister sie hoch, trägt sie zurück zum Sommerpalast. Und irgendwie ist er überrascht, dass da wirklich ein Körper ist, den er hochnehmen kann. Er hatte es bisher vermieden, Ada zu berühren. Weil es ihm nicht zustand, aber auch, ja, auch, weil er nicht sicher war, dass da wirklich ein Körper wäre.

Aber da ist einer. Da ist ein Körper, der fiebert, der schwitzt.

Der Hausmeister legt Ada auf das Sofa im Foyer. Hier kann er sie rufen hören in der Küche. Er bewegt sich dennoch immer nur kurz weg. Um den Lappen zu befeuchten, den er ihr auf die Stirn legt. Um Wasser zu holen, das er sie zu trinken drängt. Sie trinkt wie verdurstend. Danach lässt sie den Kopf auf das Kissen fallen wie nach schwerer Anstrengung, schläft gleich wieder ein.

Als sie noch immer fiebert am nächsten Tag, als sie sich noch immer hin und her wirft auf dem Sofa, will er die Krankenschwester holen gehen. Doch er zögert, er hat Angst, sie allein zu lassen. Vielleicht auch Angst, sie könnte fort sein, wenn er zurückkäme. Er wartet ab. Er geht zur Tür, macht kehrt, setzt sich, wartet.

Und endlich sinkt das Fieber doch. Endlich schläft sie ruhiger. Endlich wagt er, selbst zu schlafen.

Als er aufwacht, sitzt Ada aufrecht auf dem Sofa, trinkt Wasser in kleinen Schlucken. Das Haar klebt ihr noch feucht um die Stirn und sie ist blass, blasser als sonst, doch ihr Blick ist klar und sie nickt, als der Hausmeister sie fragt, ob sie Hunger habe.

Sie erholt sich schnell, doch der Hausmeister bleibt aufmerksam, sucht nach Spuren von Schwäche, von Erschöpfung, sorgt dafür, dass sie genug isst. Und Ada bleibt in seiner Nähe. Er weiß nicht, ob sie es ihm oder ihr selbst zur Beruhigung tut.

Einige Übriggebliebene

Die Krankenschwester bleibt nicht aus Trägheit oder in der Hoffnung auf eine Veränderung. Sie bleibt aus Verantwortungsgefühl. Sie sagt sich, dass sie aus Verantwortungsgefühl bleibt.

Die Ärztin ließ ihre Tasche zurück, als sie ging, und die Krankenschwester übernahm sie wie das Symbol eines Auftrags. Am Morgen öffnet sie die Tasche, schaut, ob alles darin ist für den Tag, räumt auf, was sich in Unordnung befindet. Das Verbandsmaterial ist ihr ausgegangen mit den Jahren, also schneidet sie Streifen aus weißen Laken, die sie zu festen kleinen Rollen bindet. Einmal in der Woche reibt sie die Tasche mit Fett ein, damit sie nicht brüchig wird, damit sie glänzt.

Während des Tages verlässt die Krankenschwester die Praxis nur selten. Es ist wichtig, dass sie hier ist, dass man weiß, wo man sie finden kann im Notfall. Es hat nur wenige Notfälle gegeben über die Jahre. Der Biss eines Hundes, ein aufgeschlagener Kopf, nicht sinken wollendes Fieber.

Anfangs hatte sie noch Medikamente gehabt, doch seit die aufgebraucht sind, stellt sie Tinkturen und Salben aus Kräutern her. Dadurch sind ihre Tage voller geworden. Sie zieht die Kräuter im Garten, verarbeitet sie in der Küche der Praxis. Muss sie gelegentlich für ein Kraut in den Wald, hängt sie ein Schild an die Tür, damit man weiß, wo sie zu finden ist.

Das, was sie sonst braucht, bringt man ihr. Mehl. Fisch. Obst und Gemüse. Alkohol für die Tinkturen. Öl und Bienenwachs für die Salben. Die anderen kennen die Bedeutung der Krankenschwester, wissen, dass ihr Leben abhängen könnte von ihr.

Die Krankenschwester bedauert die neuen Verhältnisse nicht.

Apartment 3B

Die Doktorin braucht Bücher. Ungelesene.

Es ist spät, doch nicht zu spät, als sie den letzten Satz liest, das Buch zuschlägt. Also zieht sie noch einmal die Schuhe an, geht durch leere Straßen hinauf zum Sommerpalast.

Viele Male ist sie diesen Weg schon gegangen. Die letzte Fähre war lange abgefahren, die mitgebrachten Bücher mehrfach gelesen, als man ihr sagte, dass es im Sommerpalast eine Bibliothek gebe. Seither kommt sie alle paar Wochen, um Bücher zu holen. Und doch gewöhnt sie sich nicht an die Insel bei Nacht, gewöhnt sich nicht an die Leere der Straßen.

Als die Doktorin an den Mülltonnen vorbeigeht, stieben Katzen daraus hervor. Außer Fischköpfen und Gräten ist nicht mehr viel zu finden darin und sie kämpfen um jede spärliche Mahlzeit. Nachts kann die Doktorin sie oft schreien hören und am Morgen schleichen Katzen um ihre Terrasse mit ausgekratztem Auge oder zerfetztem Ohr.

Als sie den Wald erreicht, kann sie die Hunde in ihrem Rücken hören. Das leise Kratzen von Krallen auf Asphalt, das Rascheln von Blättern, vielleicht ein Hecheln. Früher hatten die Hunde ihre Tage und Nächte bei den Restaurants verbracht, um nach Knochen und Fleisch zu betteln und sich die Bäuche kraulen zu lassen von den Kindern. Doch als die Restaurants schlossen, wurden sie scheu, zogen sich in den Wald zurück, wo sie kleine Tiere jagen. Die Doktorin hat keine Angst vor ihnen. Es hat etwas seltsam Beruhigendes, diese unsichtbare Begleitung durch den Wald.

Als sie den Sommerpalast erreicht, öffnet sie das Tor, schließt es wieder zwischen sich und den Hunden, geht auf knirschendem Kies zum Eingang. Im Dunkeln raschelt ein Pfau von ihr weg, ein kurzes Aufscheinen von Federn im Mondlicht.

Es klopft am Abend und der Hausmeister erschrickt. Kurz sorgt er sich, dass jemand gekommen ist auf der Suche nach Ada. Dass jemand sie holen kommt.

Doch es ist bloß die Doktorin, die sich neue Bücher holt. Zurückgebracht hat sie nie eines.

Es ist spät, Ada schläft und der Hausmeister ist froh, dass er alle Spuren ihrer Anwesenheit fortgeräumt hat.

Er begleitet die Doktorin in die Bibliothek. Immer scheint es, als wüsste sie um den genauen Standort der Bücher. Vielleicht aber greift sie auch bloß zu, mit selbstsicherer Beliebigkeit. Sie steckt jedes Buch sorgfältig in die ausgefranste Strohtasche, achtet darauf, dass keine Seite verknickt. Dann nickt sie wie zu sich selbst und gemeinsam verlassen sie die Bibliothek, gehen die Treppe hinunter.

Du gehst noch immer jeden Tag zum Strand, fragt der Hausmeister, als sie schon in der Tür steht.

Ja, sagt sie. Jeden Tag.

Hast du eine Fähre gesehen, kürzlich? Ein Boot?

Nein, sagt sie. Sollte ich? Ist etwas vorgefallen?

Ich weiß nicht, sagt er. Vielleicht.

Eine Pause steht zwischen ihnen, ein Abwarten.

Dauert.

Dauert lange.

Die Doktorin sieht aus, als wollte sie das Gespräch fortsetzen. Als gäbe es Fragen, die gestellt werden wollten. Doch sie nickt bloß, geht.

Und der Hausmeister bleibt in der Lobby sitzen bis zum Morgen.

Einige Verluste

Was mit den Touristen verschwindet, sind die Geräusche.
Das Rattern der Kutschen auf dem Pflaster, das Johlen der Kutscher, das Geschrei der Kinder im Wasser.
Das Horn der abfahrenden Fähre.
Das Horn der ankommenden Fähre.
Die Musik in den Bars.
Das Gegröle der Betrunkenen in der Nacht.
Das Erbrechen in Blumenkübel.
Was mit den Touristen verschwindet, sind die Gespräche.

Der Sommerpalast

Am Morgen hört der Hausmeister in der Tiefe des Hotels eine Tür aufgehen, hört Schritte auf der Treppe.

Wie bist du hergekommen, fragt er, als die Schritte den Fuß der Treppe erreichen. Fragt es hinein in die leere Lobby.

Was spielt es für eine Rolle, fragt sie zurück.

Vielleicht könnten andere kommen, auf dem gleichen Weg.

Warum putzt du die Zimmer, fragt sie.

Damit sie bereit sind.

Bereit wofür?

Für die Rückkehr der Gäste.

Glaubst du, sie kehren zurück?

Vielleicht.

Glaubst du, sie kehren zurück?

Nein.

Ada setzt sich zu ihm. Vielleicht, um das Gespräch fortzusetzen, vielleicht aber auch bloß, um ihn nicht allein zu lassen.

Sie sitzen zusammen, eine Weile. Und diesmal ist sie es, die zuerst aufsteht, die Frühstück macht für sie beide, die ihn hinaus auf die Terrasse ruft.

Der Strand

Die Doktorin liegt am Strand. Beinahe Mittag ist es und ihre Haut so heiß wie der Sand. Normalerweise tritt genau jetzt die Ruhe ein. Die Grenzen ihres Körpers verschwimmen und sie wird Teil des Sands, des Strands.

Heute nicht.

Sie meint, Boote zu sehen auf dem Wasser. Boote, die näher kommen, sich auflösen wie Traumbilder.

Eine Angst vor der Nacht im Hellen.

Nichts hat sich verändert, alles hat sich verändert.

Das Meer liegt still wie ein See und selbst die Möwen treiben stumm auf dem Wasser. Um sie ist Stille. Ja, *die Stille der Nacht in der prallen Sonne.* Und es ist nichts Beruhigendes daran.

Am Mittag gibt sie auf, geht zurück ins Apartment, kocht Kaffee auf dem niedrigen Herd, setzt sich auf den einzigen Stuhl am Küchentisch.

Sie nimmt das erste Buch vom Stapel, liest denselben Satz dreimal, schlägt es zu.

Früher wußte ich zu lesen. Wenn ich heute lese, verliere ich mich.

Der Kaffee schmeckt sauer, doch sie trinkt ihn Schluck um Schluck, bis die Tasse leer, bis nichts weiter zu tun ist, als sie abzuspülen und sich wieder zu setzen.

Das gelbe Haus

Die Frau des Generals macht die Wäsche. Früher hatte sie eine Maschine dafür, doch die ging kaputt und seither wäscht sie wieder in einem großen Bottich in der Küche. Auf dem Herd bringt sie Wasser zum Kochen, kippt es auf Laken und Kleider, reibt und schrubbt den vom Wasser schweren Stoff, bis die Flecken entfernt sind.

Während sie im dichten Dampf steht und das Haar ihr feucht im Nacken klebt, stellt sie sich vor, der General hätte noch ein zweites, geheimes Leben. Außer Sicht des gelben Hauses würde er die Zügel greifen, würde das Pferd zu einem anderen Haus lenken, es festmachen im Schatten. Sie stellt sich vor, wie er das Tor des Hauses öffnet, wie er einen Garten betritt, der grün ist, grüner als die anderen, die verlassenen Gärten. Sie stellt sich vor, wie er Unkraut zupft, wie er die Pflanzen wässert, wie er all das tut, was er zu tun im gelben Haus längst aufgegeben hat. Sie stellt sich vor, wie er trinkend im Schatten sitzt bis zum Abend.

Sie stellt es sich oft vor, dieses zweite, geheime Leben. Und manchmal, wenn er heimkommt, meint sie beinahe, einen entfernten Geruch von Anis an ihm wahrzunehmen.

Dann legt sie ihm Gurken aufs Brot und er spuckt die wässrigen grünen Scheiben zurück auf den Teller.

Der Sommerpalast

Erzähl mir etwas, bittet Ada.

Was soll ich erzählen?

Erzähl mir von früher.

Der Hausmeister nimmt Ada mit auf den Turm, diesen fast märchenhaften Anbau, der so schlecht passt zum Rest des Sommerpalasts, dessen einzige Funktion in der Aussicht besteht.

Was man sieht: ringsum endlos das gleiche weite Himmelblau, die wie vom Nebel verwischte Horizontlinie, in der Ferne manchmal ein Frachtschiff. Das Einzige, was sich sonst verändert, ist Tag für Tag die Farbe des Wassers. Mal glänzt es in einem satten, dunklen Türkis, mal in dem blassen, hellen Ton angelaufenen Kupfers, dann wieder liegt es still, bleich und reglos da wie geschmolzener Nebel.

Heute ist es lebendiger als meist. Auf flaschengrünen Wellenhügeln tanzen weiße Schaumspitzen. Selbst die Möwen sind in ausgelassener Stimmung, streifen mit den Flügelspitzen die Wasseroberfläche, bevor sie sich wieder in die Höhe schwingen.

Früher, sagt der Hausmeister, sah man die Fähren schon von Weitem kommen. Kleine helle Flecken, über denen dunkle Wolken hingen. Als Kinder haben wir am Hafen auf sie gewartet. Auf die Touristen mit schweren Koffern. Wir kamen näher heran als die Kutscher, fischten ihnen die Kundschaft weg, luden das Gepäck auf mit Rollen versehene Bretter und erzählten Geschichten bis zum Hotel, wo sie uns Münzen in die Hände schoben, manchmal einen Riegel Schokolade, von der Hitze so weich geworden, dass wir ihn aus der Verpackung leckten.

Und auf unseren Brettern rollten wir zurück zum Hafen, um die nächste Fähre abzufangen, ein paar weitere Münzen zu verdienen, von denen wir Süßes kauften oder Comics im Hafenkiosk.

Dort siehst du die Schule, sagt er, dort, und deutet auf ein Dach zwischen anderen Dächern. Zu erkennen nur für ihn, nicht für Ada.

Die Schule schloss, sagt er, in den Sommermonaten. Weil es zu heiß wurde in den Klassenräumen und weil die meisten von uns den Eltern zu helfen hatten.

Musstest du helfen, fragt sie.

Nein, sagt er. Meine Eltern hatten kein eigenes Geschäft, in dem ich hätte helfen müssen, helfen können. Mein Vater fuhr mit auf den Fischerbooten anderer Leute. Meine Mutter bediente in den Restaurants anderer Leute. Ich übernahm die Hausarbeit im Sommer, aber es blieb noch Zeit, um mit den anderen über die Insel zu streifen, um Koffer zu transportieren, um schwimmen zu gehen. Später, um zu trinken am Strand.

War es besser damals, fragt sie.

Ja, sagt er. Ich glaube. Ja.

Das gelbe Haus

Der General sieht älter aus, als er ist. Das macht der schlurfende Gang und der wirre Blick.

Manchmal ist es, als wachte er kurz auf. Dann wird seine Haltung aufrecht und der Blick scharf, und kurz denkt die Frau des Generals, er wäre wieder da, wieder ganz da, aber dann scheucht er eine imaginäre Fliege fort und sackt erneut in sich zusammen.

Sie weiß nicht, wann genau es angefangen hat, wie genau es angefangen hat. Sie weiß nur, dass die Dinge aus dem Takt gerieten. Dass in den Küchenschubladen Wäsche lag und die Stricknadeln im Feuer. Erst wurde er jähzornig, jähzorniger noch als sonst, doch das ging vorbei, als er nicht mehr begriff, dass er die Dinge nicht mehr schaffte. Danach überließ er sich ihr. Sie hätte gern jemanden ins Haus geholt, aber es war niemand mehr da, den man hätte holen können.

Oft wurde sie wütend. Wütend auf ihn. Auf das, was er aus ihrem Leben machte. Es war kein Platz für Sorge neben dieser Wut, aber die Scham war da, manchmal. Die Scham darüber, dass die Sorge so völlig abwesend war, die Sorge um ihn.

Der Sommerpalast

Der Hausmeister hat einen Stuhl vorsichtig mit dem Hammer auseinandergeklopft und in seine Einzelteile zerlegt, als er den Blick hebt und Ada nur wenige Schritte entfernt stehen sieht.

Was machst du, fragt sie.

Den Stuhl reparieren, sagt er.

Zeigst du es mir?

Er ist überrascht. Aber ja, sagt er. Ja, sicher.

Und er zeigt ihr, wie sie den Leim von den Holzdübeln und aus den Löchern schabt, wie sie den frischen Leim aufträgt, mit einem kleinen Pinsel ausstreicht, wie sie die Teile wieder ineinandersteckt, festklopft.

Wo kommst du her, fragt der Hausmeister, ohne die Arbeit zu unterbrechen.

Wo kommst du her, fragt Ada zurück.

Von hier, sagt der Hausmeister.

Woher?

Aus dem Dorf.

Woher?

Aus einem kleinen Haus mit blauen Läden. Im Sommer blieben sie geschlossen, den ganzen Tag, und im dämmrigen Licht saß meine Großmutter und füllte Paprika, Weinblätter, getrocknete Auberginen. Mein Vater ging früh aus dem Haus, fing im Morgengrauen die Fische, die mittags in den Lokalen am Strand serviert wurden. Die kleinsten Fische brachte er heim, legte sie abends auf den Grill hinterm Haus. Und während er grillte, öffnete meine Mutter die Läden, ließ die Abendluft herein, malte Pflanzen auf die Wände, Vögel und Füchse. Malte einen Himmel auf die Decke meines Kinderzimmers.

Heute steht dort ein Hotel. Es ist nicht fertig geworden. Es hat nie jemand darin gewohnt.

Der Hausmeister bringt die Klemmen an, wischt den überschüssigen Leim ab, stellt den Stuhl zum Trocknen hin, und Ada geht im Haus auf die Suche nach lockeren Beinen an Tischen und Stühlen. Einige Tage bringt sie damit zu, mit der immer gleichen Arbeit an wechselnden Möbelstücken.

Der Strand

Time passes, Zeit vergeht.

Doch nicht hier. An Orten wie diesem gleichen sich die Tage. Sie vergehen in Trägheit. Sie beginnen noch einmal und noch einmal von vorn. Der Weg zum Strand, die wenigen Meter, die sich in der Hitze ausdehnen. Das Dösen in der Sonne. Das in der Flasche warm gewordene Getränk. Diese Schwere des Körpers am Abend, das Abwaschen des Salzes von der Haut, die wenigen Schritte zum Restaurant, wo man wiederum sitzt, wo andere kochen, andere servieren, andere abräumen, abspülen. Wo man nur sitzen muss und essen und trinken und danach nach Hause gehen mit unsicherem Schritt. Und man schläft tief und erwacht am Morgen in Erwartung eines gleichfalls ereignislosen Tages.

Time does not pass, Zeit vergeht nicht.

Oder: Sie gibt vor, nicht zu vergehen.

Bis der letzte Tag anbricht und man nach dem Abendessen noch einmal ans Wasser geht, noch einmal lange da sitzt, als könnte das die Zeit noch einmal ausdehnen.

Vielleicht war es das, wonach die Doktorin gesucht hatte, damals. Nach einer Möglichkeit, die Zeit anzuhalten.

Heute geht sie zum Strand wie immer, doch der Sand umschließt sie nicht mehr, er reibt ihr die Haut wund, wenn sie sich dreht, dreht, nochmal dreht, weil keine Position die richtige ist, weil ihr Körper sich unnatürlich, unbequem, falsch anfühlt.

Sie setzt sich auf. Sie blickt aufs Meer, auf dem keine Veränderung sichtbar ist. Meerblau geht über in Himmelblau. Segel oder Wolken nirgends.

Nichts hat sich verändert. Alles hat sich verändert.

Zurück in der Wohnung, versucht sie zu lesen, doch die

Bücher verweigern sich ihr oder sie sich ihnen. Sie liest ganze Seiten, ohne einen Gedanken zu erinnern, einen Satz. Sie blättert zurück, versucht es noch einmal, schlägt das Buch schließlich doch immer zu.

Sie wartet auf das Ende des Tages, aber wenn die Nacht kommt, liegt sie lange wach, glaubt, das Rauschen von Autobahnen zu hören. Aber immer sind es doch bloß die Wellen.

An einem besonders langen Nachmittag hält sie es nicht mehr aus mit sich und ihrer Unfähigkeit zu lesen, mit der Unfähigkeit der Zeit, zu vergehen. Sie verlässt das Apartment. Sie läuft. Sie läuft, als bewegte sie sich weg von etwas, nicht hin zu einem Ziel. Bis in die Nacht hinein läuft sie und ist dankbar, danach in erschöpften Schlaf zu fallen. Doch am Morgen erwacht sie in dem Gefühl einer Katastrophe. Die Unruhe ist zurück, treibt sie hinunter zum Strand, weg von dort, über die Insel. Und von vorn.

Warum bist du nicht Fischer geworden wie dein Vater, fragt Ada.

Mir liegt, sagt der Hausmeister, das Fischen nicht. Die Enge auf dem Boot, der Geruch nach Tod und das Ausnehmen der Fische. Ich bin einmal mitgefahren als Kind. Danach wollte ich lange kein Boot mehr betreten.

Mir liegt, sagt der Hausmeister, auch das Bedienen nicht. Der Umgang mit Gästen. Ich weiß nicht, wie ich Interesse an ihnen vorgebe. Ich weiß nicht, höflich zu sein. Man hat mich immer zu abweisend gefunden, zu schweigsam. Für die Arbeit hier machte das nichts. Ich war geschickt, ich hielt mich im Hintergrund. Es war eine Arbeit, die für mich Sinn ergab.

Hast du sie gern gemacht?

Doch, ja. Ich glaube, ich habe sie gern gemacht.

Hast du nie daran gedacht, wegzugehen?

Es hätte die Möglichkeit gegeben, vielleicht, nach dem Beenden der Schule. Einige meiner Freunde gingen damals. Gingen an die Universität, gingen zum Militär, gingen einfach. Ich blieb, um meine Mutter zum Arzt zu begleiten, wenn sie nicht schlafen konnte. Ich blieb, um meinen Vater aus den Bars abzuholen nach zu viel Schnaps. Ich blieb, weil meine Eltern schon genug verloren hatten. Ich blieb auch, weil ich mir nicht vorstellen konnte, wie ein Leben aussehen könnte, anderswo.

Was haben deine Eltern verloren, fragt Ada.

Die Tiere haben Hunger, sagt der Hausmeister und geht die Hühner füttern, die Pfauen, den Hund.

Die Straßen

Die Doktorin läuft. Läuft mit Blick auf ihre Füße in den ausgetretenen Schuhen, läuft mit Blick auf den Staub, mit Blick auf die Katzen, die an ihren Beinen vorbeistreifen wie zufällig, wie unabsichtlich. Bleibt sie stehen, drängen sich die Katzen an sie heran, pressen die Rücken gegen den Stoff ihrer Hose, hören erst auf, wenn sie weitergeht. Putzen sich dann, demonstrativ. Wie um zu beweisen, dass da kein Interesse ist, kein Drängen hin zu ihr, keine Sehnsucht nach Nähe.

Die Doktorin läuft. Läuft mit Blick auf die Füße, die sich beim Gehen leicht nach innen drehen. Sie wusste nichts davon, bisher nicht. Früher ging sie nur kurze Strecken. Zur Schule. Zur Uni. Zum Strand. Niemals solch ein stundenlanges, rastloses Gehen bis zur Erschöpfung.

Ist sie immer so gegangen oder stellen die Füße sich ihrer Laufwut entgegen? Doch sie geht. Geht weiter.

Die Doktorin läuft, und es dauert einige Tage, bis sie den Blick hebt, bis sie merkt, dass es möglich ist, den Blick zu heben, dass es Straßen sind, auf denen sie geht, dass am Rande der Straßen Häuser stehen.

Es ist, als ginge sie noch einmal zum ersten Mal über diese Insel. Als sähe sie noch einmal zum ersten Mal diese Collage von Architekturen, die Holzhäuser mit geschnitztem Spitzenbesatz neben glattpolierten Würfeln aus Glas, neben Miniaturschlösschen, neben weißgetünchten Häusern mit blauen Fensterläden, neben hohen, glatten Hotelkomplexen.

Die Gebäude sind sich ähnlicher geworden mit den Jahren, alle vom Staub gefärbt, alle halb verdeckt hinter wuchernden Hecken, das Gras um sie herum verdorrt.

Erst als sie schon mehrfach daran vorbeigegangen ist, erkennt sie das Hotel wieder, in dem sie gewohnt hatte, als sie zum ersten Mal auf die Insel kam. Das blau lackierte Eisentor ist fast verschwunden unter wildem Wein, die Markise über dem Eingang löchrig und verblichen. Die Farbe blättert von der Holzfassade, und die Rosen im Vorgarten sind lange schon von der Sonne verbrannt.

Es war ihr erster richtiger Urlaub gewesen. Danach hatte sie bloß immer zurück gewollt, zurück hierher. Vielleicht auch zurück zu diesem Gefühl eines Anfangs.

Am Morgen sitzt Ada im Foyer, eine Fotografie in der Hand.

Wo hast du das her, fragt er, als er das Bild erkennt, das Gesicht darauf.

Er hört selbst, dass seine Stimme kalt klingt.

In einer Kiste, sagt sie. In einer Kammer.

Warum hast du es genommen, fragt er, streckt die Hand nach dem Bild aus, und sie gibt es ihm ohne Zögern.

Sie sieht nett aus, sagt sie.

Er schaut das Bild an. Lange. Er ist überrascht, dass der Schmerz weniger geworden ist, aber das Vermissen nicht. Müsste nach all den Jahren das Vermissen nicht weniger werden?

Meine Schwester, sagt er, schwamm eines Nachts zu weit hinaus. Das Meer war unruhig und sie betrunken. Sie hat es nicht zurück ans Ufer geschafft.

Ada steht auf und kurz denkt er, dass sie hinausgehen wird, doch sie kommt näher heran, umarmt ihn. Und obwohl sie sich heraufstrecken muss zu ihm, obwohl ihre Arme ihn kaum umfassen, fühlt er sich gehalten.

Ihr seid noch jung, hatte man den Eltern danach gesagt. Ihr könntet doch. Doch noch einmal. Als ließe sich ein Kind durch ein neues ersetzen.

Die Eltern bekamen kein weiteres Kind und sie alterten aus der Möglichkeit heraus. Der Hausmeister alterte in die Möglichkeit hinein und die Leute fingen an, ihn zu fragen, ihm zu raten – der Eltern wegen. Als wäre ein Kind etwas, was man einfach haben könnte, der Eltern wegen. Und vielleicht hätte er es sogar getan, doch ergab es sich nie. Und als die anderen fortgingen, hörten zumindest die Fragen auf.

Der Hausmeister spürt, dass etwas aufgebrochen ist in ihm. Er hatte gedacht, er hätte mit der Trauer abgeschlossen, doch vielleicht lässt sich damit nicht abschließen, vielleicht ist der Tod eben keine Wunde, die sich verschließt, die verheilt, sondern ein amputierter Körperteil, der auch in Abwesenheit noch schmerzen kann.

Er will ihr sagen, dass er sie vermisst. Vor allem das. Er will ihr sagen, dass er sie lieb hat. Er weiß nicht, ob er es ihr je gesagt hat. Er hofft, dass sie es trotzdem wusste.

Das Seltsamste ist, dass ihre Abwesenheit sich nach all diesen Jahren noch falsch anfühlt. Es sind so viele gegangen, doch ihre Abwesenheit hat eine andere Qualität, noch immer. Hat eine andere Unglaubwürdigkeit, noch immer.

Der Friedhof

Die Doktorin läuft in größer werdenden Kreisen, bewegt sich aus dem ihr bekannten Terrain heraus, schreitet den Wald ab, atmet den warmen Geruch der Kiefern, findet sich wieder auf der anderen Seite der Insel. Sie tritt durch die Baumgrenze wie durch einen Vorhang. Aus dem Schatten der Bäume heraus in den brennenden Nachmittag. Unter ihren Füßen knistert das versengte Gras, im sandigen Boden sitzen Kissen vertrockneter Pflanzen, zart, verästelt, die Blütenkerne ein verblasstes Gelb.

Wenige Meter vor ihr fallen die Klippen steil zum Meer hin ab, als hätte sich ein Stück der Insel abgelöst, wäre abgebrochen und ins Blau gestürzt. Nur wenige kleine Bäume stehen ganz am Rand der Steilküste. Auf dem schmalen, kahlen Streifen dazwischen stehen Reihen von Grabsteinen, wie Wächter eines Übergangs. Zwischen ihnen der Hausmeister, ebenso unbewegt.

Die Doktorin will umkehren, sich zurückziehen, doch er hat ihren Schritt bemerkt, winkt sie heran und sie tritt zu ihm zwischen die Steine. Die Gesichter derer, die dort liegen, sind hineingeschlagen, schauen auf ewig hinab aufs Meer. Die Doktorin betrachtet sie. Betrachtet sie lange.

Die Gesichter gleichen sich, sagt sie.

Es sind nicht die Gesichter, sagt er, die sich gleichen. Es ist das Wissen um ihre Abwesenheit.

Zusammen stehen sie, schauen aufs Meer. Auch sie werden alt werden. Auch sie werden sterben. Doch im Dorf gibt es keinen Steinmetz mehr, der ihre Gesichter in Grabsteine schlagen könnte. Und vielleicht ist das der vollständige Tod.

Der Sommerpalast

Der Hausmeister hat immer gedacht, dass er lieber allein ist bei der Arbeit, doch er hat Ada gern bei sich, zeigt ihr, was es zu beachten gibt beim Wässern der Tomaten, beim Ernten der Bohnen, beim Reparieren eines kaputten Fensters, beim Brotbacken.

Und immer fängt sie irgendwann zu fragen an.

Wie war die Insel, fragt Ada beim Unkrautjäten, bevor die Touristen kamen?

Ich weiß nicht, sagt der Hausmeister. Ich habe sie nie anders gekannt. Meine Großeltern erzählten manchmal von den Ersten, die auf eigenen Booten kamen. Sie stellten ihre Zelte auf am Strand und abends lud man sie zum Essen ein. Einer von ihnen kam wieder, um den Sommerpalast zu kaufen, und bald kam die erste Fähre, die Gäste brachte. Zum Sommerpalast, zum ersten Hotel. Es dauerte nicht lange, bis weitere Hotels gebaut wurden, bis man Restaurants und Bars eröffnete am Strand. Die Grundstücke, die früher nicht viel wert waren, waren es plötzlich. Die dort unten, direkt am Meer, wo sich kein Gemüse anbauen ließ, aber Hotels. Und bald erinnerte man sich kaum noch, dass es einmal anders gewesen war.

Wie war es, fragt Ada beim Kochen, als die Fähren wegblieben?

Die erste Fähre des Jahres kam, doch außer der Doktorin war niemand darauf. Wir dachten, sie würden später kommen. Wir warteten. Doch keine zweite Fähre kam und das Essen verdarb in den Küchen.

Und dann?

Als die Sommerhitze kam, doch noch immer keine Fähren,

da schloss man die Häuser zu und die Hotels, drängte sich auf den wenigen Booten, setzte zum Festland über. Man würde zurückkehren, hieß es, mit der nächsten Fähre. Aber keine Fähre kam und niemand kehrte zurück.

Wem gehörte die Insel, fragt Ada vorm Zubettgehen, wem gehört sie jetzt?

Er blickt sie an, ohne zu begreifen.

Uns sagt er, natürlich uns. Wir waren hier, nicht nur in den Sommern, sondern auch in den kurzen, kalten Wintern. Wir waren die, die blieben. Wir bleiben noch.

Sie antwortet nicht und ihm ist, als übersähe er etwas.

Sie geht zu Bett und er wässert das Gemüse vor der Nacht.

Einige Verluste

Was aufhört, ist der Bau von Burgen aus Sand.
Was aufhört, ist das Klirren, wenn ein Ball das metallene Tornetz trifft.
Was aufhört, sind die Kriegsspiele im Wald.
Was aufhört, ist das nicht zu beruhigende Weinen.
Was aufhört, ist vielleicht das Weinen selbst.
Was verschwindet, sind die Monster in den Schränken.
Was verschwindet, sind die Kreidebilder auf den Straßen.
Was verschwindet, sind die mit Sonnenmilch nachgezeichneten Scheitel der Mädchen.
Was verschwindet, sind die Kinder.
Was verschwindet, ist die Vorstellung einer Zukunft.
Was verschwindet, ist die Illusion einer Fortsetzung der eigenen Existenz.

Der Sommerpalast

Der Hausmeister erwacht in der Hitze seines Dachzimmers aus unruhigen Träumen. Die Laken kleben ihm am Körper, und durch die geöffneten Fenster geht kein Wind. Er will aufstehen, will in die Kühle der unteren Räume, doch die überhitzte Trägheit hält ihn fest, drückt ihn tiefer noch in die durchgelegene Matratze.

Wieder muss er an Adas Frage denken.

Wem gehört die Insel?

Natürlich gehört sie ihnen. Den Übriggebliebenen.

Ja, er schläft noch immer in seinem alten Zimmer unter dem Dach, aber er kann ja anders, er kann ja.

Wie zum Beweis dafür rafft er seine Sachen in einem Korb zusammen. Seine Hemden, Hosen, das Foto seiner Eltern vom Nachtschrank, die Kleiderbürste aus der Kommode. Den Korb trägt er in eines der kleinen Zimmer mit den schmaleren Betten, doch mit Blick auf den Garten.

Er stellt das Bild der Eltern auf die geschnitzte Kommode mit den zarten geschwungenen Beinen. Die Hemden und Hosen hängt er auf Bügel im schmalen Kleiderschrank. Es riecht etwas muffig darin. Alt. Er lässt die Schranktüren offen, nimmt sich vor, Lavendel zu schneiden im Garten.

Es hängt noch ein Bademantel im Schrank. Kaum staubig geworden. Noch immer weich. Der Hausmeister stellt sich vor, er wäre selbst nur zu Gast, räumte seinen Koffer leer, hüllte sich in den Bademantel, um zum Pool zu gehen oder zur Massage. Er fragt sich, ob ihm das Zimmer gefiele.

Man sieht dem Zimmer seinen Preis an. Sieht, dass die Möbel hochwertig sind und die Tapete teuer. Sie ist strukturiert, beinahe wie hellblauer Stoff. Dem Dielenboden sieht man sein Alter am deutlichsten an, doch er ist glattgeschliffen, ausgebessert, damit sich niemand einen Splitter in den Fuß tritt. Er gibt dem Raum eine Wärme, die er sonst nicht hätte. Ein schönes Zimmer. Doch die Gäste haben auch hier ihre Spuren hinterlassen. Striemen auf der Tapete neben der Tür, von Koffern vermutlich. Wasserringe auf dem Nachtschrank.

Der Hausmeister erinnert sich, dass er die Möbel oft hatte ausbessern müssen. Am Ende der Saison, wenn die Gäste fort waren, schliff er sie ab auf der überdachten Terrasse, bügelte Dellen heraus mit heißem Eisen und einem feuchten Tuch, ölte die Möbel oder lackierte sie.

Andere Spuren waren schwerer zu entfernen. Die Weinflecken in den Teppichen. Die Striemen auf den Tapeten. Ein teures Zimmer bleibt es nur, wenn man die Spuren ständig beseitigt. Man zahlt dafür, nicht an andere Gäste erinnert zu werden.

Als der Hausmeister an diesem Abend zu Bett geht, kommt er sich vor wie ein Gast im eigenen Haus. Alles ist vertraut und unvertraut zugleich. Die Matratze fester, die Möbel heller, der Nachtschrank auf der falschen Seite des Bettes.

Er schläft nicht ein, lange nicht, steht wieder auf, stellt den Nachtschrank auf die andere Seite, die richtige. Steht eine Weile am Fenster und schaut in den Garten. Er hatte nicht gedacht, dass nach all den Jahren der Sommerpalast sich noch fremd anfühlen könnte. Dass es sich verboten anfühlen könnte, in einem anderen Bett zu schlafen. Dass etwas in ihm eine Konsequenz erwartet.

Es ist nicht bloß der Raum, der ihm fremd ist, er ist sich selbst fremd darin. Mit ihm im Raum ist eine andere Möglichkeit seiner selbst. Mit ihm im Raum ist die Möglichkeit einer anderen Vergangenheit, einer anderen Zukunft. Im Raum ist die Gegenwart durchlässig. Er traut ihr nicht mehr. Er könnte daran glauben, dass er am Morgen aufwacht und der Sommerpalast wieder bevölkert wäre. Und er ist sich seines Platzes darin nicht mehr sicher.

Das Mehl geht zur Neige und die Frau des Generals lockt eines der Pferde mit Äpfeln zu sich heran. Sie streicht mit langen, festen Bewegungen über die Flanken des Tieres, legt ihm die Satteltaschen über. Das Pferd folgt, als sie schnalzt, trottet neben ihr her wie ein übergroßer Hund. So können sie sich einreden, dass sie gemeinsam den Weg bestimmen, dass es nicht die Frau des Generals ist, die führt.

Zusammen gehen sie durch den Obstgarten, nehmen den Weg Richtung Dorf. Das Geklapper der Hufe auf dem Asphalt beruhigt die Frau des Generals. Es begegnet ihnen niemand auf der Straße, niemand auf dem kleinen Pfad, der durch die Gärten führt. Die Tritte des Pferdes klingen dumpfer auf dem festgetretenen Erdboden des Pfades. Zu beiden Seiten ziehen sich von Steinmauern begrenzte Terrassen hin. Die meisten leer, die Erde sandig mit ein paar Nestern trockenen Gestrüpps. Nur die Felder des Müllers stehen voller Getreide. Und der Olivenhain steht noch immer voll und grün, zwischen den Blättern zeigen sich die ersten kleinen Früchte. Seit die anderen fort sind, hat der Müller sich der Oliven angenommen, presst im Herbst Öl aus ihnen.

Auf einem der steinbegrenzten Felder, unter einem kümmerlichen Baum, steht ein Esel, der letzte. Wie immer bleibt die Frau des Generals bei ihm stehen und der Esel kommt näher, doch seine Leine reicht nicht bis zu ihr heran. Er schreit und wie immer wundert sie sich über diesen Schrei, der mechanisch klingt, rostig. Sie wirft dem Esel ein paar Melonenschalen zu, und während er die Schalen zermalmt, geht sie weiter, versucht, den Anblick des Esels zu vergessen, so allein auf dem Feld.

Der Anstieg zur Mühle ist steil, die Sonne steht der Frau des Generals auf dem Hinterkopf und der Schweiß liegt ihr als Film auf dem Rücken. Wie viel leichter es wäre, das letzte Stück hinauf zu reiten. Leichter für sie. Sie tätschelt dem Pferd den Hals und es schnaubt.

Als sie endlich das Ende des Pfades erreichen, trifft der Wind sie mit plötzlicher Heftigkeit. Der Schweiß fühlt sich kalt an auf ihrer Haut und sie fröstelt, trotz der unverändert brennenden Sonne.

Hier oben geht der Wind unaufhörlich scharf, bewegt die Flügel der Mühle.

Früher waren die Touristen in Gruppen hergekommen, wanderten mit dem Müller aus den Gärten hinauf. Er führte den Esel am Strick, beladen mit Getreide oder mit strohgefüllten Säcken, um die Illusion zu wahren. Er zeigte den Touristen, wie das Mehl gemahlen wurde, zeigte ihnen die Gerippe der anderen, der verlassenen Mühlen. Die Touristen mochten das Archaische der Arbeit, kauften ihm Nudeln und Kekse ab zu überhöhten Preisen. Mitbringsel für die Nachbarn, die in ihrer Abwesenheit die Pflanzen wässerten.

Die Frau des Generals hatte die Touristen davon reden hören, abends im Sommerpalast. Sie schwärmten von harter, ehrlicher Arbeit bei Wein und Schokomousse.

Die Frau des Generals klopft kräftig gegen die Tür der Mühle, ist dennoch nicht sicher, ob der Müller sie hört unter dem Knarzen des Mahlwerks. Aber die Tür öffnet sich doch, und der Müller nickt, als hätte er sie erwartet. Sie hat ihm Marmelade mitgebracht, die aus Pfirsichen und Orangen, die er gern hat. Sie bekommt einige Säcke Mehl dafür. Der Müller hilft ihr, dem Pferd die Säcke auf den Rücken zu schnüren, verschwindet dann ohne Gruß wieder in der Mühle. Und die Frau des Generals macht sich mit dem Pferd an den Abstieg. Sie redet ihm gut zu, wie zur Entschuldigung für die aufgebürdete Last.

Am Esel geht sie vorbei, ohne noch einmal anzuhalten. Doch sein Geschrei verfolgt sie. Aus der Ferne könnte man es für das Horn eines Schiffes halten.

Der Sommerpalast

Am Morgen erwacht der Hausmeister in tieferer Stille.

Er steigt die Treppe hinab, durchquert die leere Lobby. Selbst seine Schritte kommen ihm dumpfer vor, als läge ein Teppich über dem Marmor.

Er setzt Wasser auf, schaut aus dem Fenster, bis es kocht. Nichts regt sich. Minzgeruch breitet sich in der Küche aus, sobald das heiße Wasser die Blätter trifft. Der Hausmeister schneidet dicke Scheiben vom Brot, schmiert Marmelade darauf, stellt Teller und Tassen auf das fleckige Holztablett.

Keine Ada am Pool. Er lässt das Tablett stehen, geht zurück ins Hotel, öffnet Tür nach Tür nach Tür. Keine Ada, nirgends.

Eine Unruhe bricht auf in ihm und er geht hinaus in den Garten, ruft ihren Namen. Nur der Hund antwortet heiser.

Noch einmal kehrt er in den Sommerpalast zurück, noch einmal durchsucht er die Zimmer. Hinter keiner Tür Ada.

Den unberührten Teller bringt er zurück in die Küche, wäscht ihn sorgfältiger noch als sonst, kehrt zurück an den Pool, wartet. Versucht wartend, an nichts zu denken. Doch auch ohne dass er es will, klappt sich die Zukunft auf in verschiedene Möglichkeiten.

Er hält das Warten nicht lange aus. Es treibt ihn fort vom Sommerpalast, durch den Wald, über den Hügel zum Hafen hinab. Auf dem Weg begegnet er niemandem. Niemand begegnet ihm.

Der Hafenwärter sitzt reglos hinter der Scheibe. Das Haar gescheitelt, der Schnurrbart gestutzt.

Hast du ein Mädchen gesehen, fragt der Hausmeister.

Es gibt keine Mädchen mehr, keine Jungen, das weißt du, müsstest du wissen, sagt der Hafenwärter.

Aber es gibt eben doch eins, sagt der Hausmeister. Gab eins.

Es ist keine Fähre gekommen. Es kann kein Mädchen geben, sagt der Hafenwärter.

Nichts regt sich in seinem Gesicht. Keine Neugier. Keine Beteiligung irgendeiner Art.

Der Hausmeister wendet sich zum Gehen.

Vielleicht morgen, sagt der Hafenwärter. Vielleicht kommen die Fähren morgen wieder.

Das gelbe Haus

Heute ist es mühsam, den General aus dem Bett zu bekommen. Sie muss ihm die Decken wegziehen und an ihm zerren, damit er ihr in die Küche folgt. Und auch dort bleibt er störrisch, öffnet den Mund nur für in Kaffee getunkte Kuchenstücke.

Sie gibt dem Gaul einen besonders kräftigen Klaps, als der General endlich auf dessen Rücken sitzt. Als könnte sie ihn so dazu bewegen, schneller zu verschwinden oder später wiederzukommen oder beides.

Am liebsten würde sie zurück ins Haus gehen, sich in die Wanne legen. Doch die Tomaten hängen schwer an den Stauden. Erntet sie die Früchte nicht bald, werden sie matschig, platzen auf und der süßliche Fäulnisgeruch wird über dem Garten liegen. Sie hasst diesen Geruch, sammelt sorgfältig jede überreife Frucht, wirft sie auf den Komposthaufen, weit weg vom Haus.

Den ganzen Vormittag pflückt sie Tomaten, kocht sie am Nachmittag in großen Gläsern ein. Die Ernte ist gut. In der dampfigen Küche füllt sie Glas um Glas.

Sie meint, ein Geräusch zu hören, horcht. Wahrscheinlich bloß eines der Pferde.

Doch wieder ein Geräusch. Keine Hufschläge, sondern Schritte. Sie wartet, die Hände voller Tomaten. Hört Schritte, die lauter werden, näher kommen. Sie legt die Tomaten ab, wischt die Hände an der fleckigen Schürze trocken. Als sie durch die Tür tritt, hat ein Mann das Haus fast erreicht. Sie betrachtet den gemächlichen Gang. Die Anzughose. Die abgetretenen Lederschuhe. Das Gesicht mit dem löchrigen Bart und den dichten Brauen. Es dauert einen Moment, bis sie ihn wiedererkennt, den Hausmeister.

Damals, als sie noch Klavier spielte im Sommerpalast, brachte er ihr am Ende des Abends oft ein Glas Wein, saß schweigend mit ihr im bläulichen Licht des Pools. Das hatte sie immer gemocht an ihm, die Selbstverständlichkeit, mit der er schwieg. Und auch jetzt sagt er kein Wort. Sie winkt ihn herein, durch das Haus und auf die Terrasse, die jetzt, am frühen Nachmittag, im Schatten liegt. Er setzt sich und sie geht ins Haus, kocht Kaffee. Schwarz für sich, mit Zucker für ihn.

Lange Zeit sitzen sie, trinken Kaffee und sehen den Pferden zu, die in der Nähe grasen.

Ich suche ein Mädchen, sagt er endlich. Sie ist nicht sicher, ob sie den Klang seiner Stimme erkennt.

Sie dreht sich zu ihm, betrachtet sein Gesicht, das noch immer auf die grasenden Pferde gerichtet ist.

Es gibt keine Mädchen, sagt sie. Keine Kinder. Schon lange nicht mehr.

Er nickt.

Ist eine Fähre gekommen?

Ich weiß nicht, sagt er. Vielleicht.

Wieder schweigen sie eine Weile.

Du hast niemanden gesehen, fragt er noch einmal.

Sie verneint und wieder nickt er, als hätte er nichts anderes erwartet. Als wäre er nicht wirklich hier, um jemanden zu finden.

Er leert seine Tasse und geht. Sie kehrt in die Küche zurück, um die Arbeit fortzusetzen. Doch sie merkt erst, dass das Wasser kocht, als der Dampf schon von den Fliesen perlt. Sie greift den Topf mit bloßen Händen, doch die Griffe sind heiß, sie lässt los, verbrüht sich beinahe an dem hochspritzenden Wasser.

Sie setzt sich. Sie lässt das Wasser weiter kochen, weiter dampfen. Erst als draußen Hufschläge tönen, zieht sie den Topf mit einem Tuch vom Herd, geht hinaus.

Nach dem Absitzen nimmt der General kurz den Kopf des

Pferdes zwischen die Hände, wie zum Dank. Früher, anfangs, hatte er auch ihren Kopf so in den Händen geborgen.

Das Pferd schnaubt und sie führt den General hinein ins Haus.

Die Bar

Der Hausmeister erträgt die Stille des Hotels nicht, geht am Abend noch einmal hinunter ans Meer, setzt sich auf einen der grau gewordenen Holzstühle vor der Bar. Er dreht den Stuhl hin zum Strand, als gäbe es dort irgendetwas im Blick zu behalten. Ein Bier bringt der Barmann und Käsetoast. Der Hausmeister bedeutet ihm, zu bleiben. Es ist nicht viel los, nur der Soldat säuft am Nebentisch.

Hast du von einem Mädchen gehört, fragt der Hausmeister. Ein Mädchen gesehen?

Ein Mädchen, fragt der Barmann. Ein Mädchen, hier?

Wenn jemand eines gesehen hätte, meinst du, du wüsstest davon?

Vielleicht, sagt der Barmann. Aber die meisten, die herkommen, reden nicht viel. Er deutet auf den Soldaten. Bloß der, aber was der erzählt, ergibt selten Sinn.

Hey, ruft er, und der Soldat schreckt hoch hinter seinem Glas. Hast du ein Mädchen gesehen?

Die Augen des Soldaten blicken glasig. Viele Mädchen, sagt er, ich habe viele Mädchen gesehen. Schön, mit langem Haar und breiten Hüften. Aber alle kalt, alle tot, sagt er, und nochmal. Alle kalt, alle tot. Nimmt einen tiefen Schluck.

Vielleicht solltest du hochgehen in die Bäckerei, sagt der Barmann. Dort wird mehr gesprochen. Und die Leute sind meistens nüchtern.

Der Hausmeister nickt. Schweigend trinkt er sein Bier, isst den Toast.

Der Soldat drückt sich hoch von seiner Bank, stellt sich auf ein Bein.

Das haben wir bei der Armee gemacht, sagt er. Passt auf,

sagt er. Beugt das Knie. Schwankt. Schwankt stärker. Stürzt mit einem dumpfen Knall auf den sandigen Boden.

Bei der Armee gab es weniger Bier, sagt der Soldat. Er bleibt am Boden sitzen, streckt sich nach seinem Glas.

Und Mädchen gab es auch keine.

Einige Übriggebliebene

Der Soldat zieht die Uniform an, um wegzukommen von der Insel, um etwas von der Welt zu sehen. Was er findet, ist der Tod an wechselnden Orten. Er vergisst die Orte, aber das Sterben vergisst er nicht.

Er bemüht sich um eine neue Normalität. Als Kellner, als Kutscher, als Tauchlehrer. Aber irgendwann fängt er doch immer an, vom Krieg zu erzählen, und die Gäste beschweren sich. Wer will schon im Urlaub daran erinnert werden, dass man sich an anderen Stränden nicht zum Bräunen in den Sand legt, sondern zum Sterben.

Man entlässt den Soldaten. Er trinkt zum Trost. Er sucht sich eine neue Arbeit. Man beschwert sich. Man entlässt ihn.

Als die Fähren wegbleiben und es keine Arbeit mehr zu finden gibt, überlässt er sich ganz dem Trinken.

Er weiß nicht, warum das Sterben ihn ausließ. Aber vielleicht starb er ja doch, und das hier, all das ist die Hölle.

Das gelbe Haus

Statt in den Garten zu gehen, legt die Frau des Generals sich in die Wanne, schaut aufs Meer, hält Ausschau nach Fähren, die nicht kommen.

Als Kind war sie aufgeregt gewesen, wenn im Frühjahr die erste Fähre ankam. Sie hatte am Hafen gewartet auf die Frauen mit den Sonnenhüten und die Kinder mit den blassen Gesichtern. Am Strand hatte sie mit ihnen Sandburgen gebaut und sie reden hören von ihrem Leben in den Städten. Von dem Geräusch der Autos, das Tag und Nacht wie Wellen durch die Straßen rauscht. Von Tierparks, Hüpfburgen und Schaukeln geformt wie Schiffe.

Später trank sie nachts mit den Jugendlichen am Strand, ließ sich von Clubs erzählen, von Konzerten, schnitt sich wie sie die Hosenbeine kurz, setzte sich eine übergroße Sonnenbrille auf, die sie gefunden hatte am Strand. Die Gläser verzerrten ihr den Blick und sie lief über die Insel wie betrunken.

Eines Tages, hatte sie sich geschworen, würde sie selbst auf eine dieser Fähren steigen, würde den Möwen Brocken alten Brots zuwerfen zum Abschied, würde in einer Wohnung im zehnten Stock wohnen und nächtelang tanzen.

Dann war der General gekommen. Er war älter gewesen, erfahrener, er sah gut aus. Damals fand sie, dass er gut aussah.

Seine Nüchternheit zog sie an, sie war das Emotionale leid. Die Befindlichkeiten der Eltern. Die Befindlichkeiten der Gäste. Nur hieß seine Nüchternheit nicht, dass er keine Ansprüche an sie stellte. Das lernte sie später, später erst.

Zu ihrem ersten Abendessen brauchte er ihr keine Blumen mit, sondern Noten. Vielleicht hatte sie ihn vor allem deshalb geheiratet. Und weil er sie mitnehmen würde über das Meer.

Doch erst wollte er die Flitterwochen hier verbringen, dann kaufte er das gelbe Haus für die Sommermonate, und eines Tages kamen Kisten mit der Fähre. Er räumte sein Leben in die Schränke und Regale, sprach nicht mehr davon, zu gehen.

Und als das letzte Boot die Insel verließ, waren sie noch immer hier.

Die Bäckerei

Der Hausmeister ist nie in der Bäckerei gewesen. Nur früher. Vorher. Als die Bäckerei noch keine war. Als es hier nach Zigaretten roch und nach mit billigem Kraut gestopften Pfeifen. Als die Tische nicht zueinanderpassten und am Abend neonweißes Licht brannte, wenn die Männer kamen, um Tee zu trinken und Karten zu spielen. Einmal hatte sein Vater ihn mitgenommen und zwischen lachenden Männern hatte er seinen ersten Schnaps getrunken, der in der Kehle brannte. Die Gesichter hatten fahl ausgesehen im kalten Licht und er hatte sich bemüht, nicht zu husten.

Jetzt passen die Tische zusammen und schon weit vor der Tür riecht es nach frischem Brot. Als er hereinkommt, zieht die Bäckerin gerade ein Blech Croissants mit einer Dampfwolke aus dem Ofen.

Kaffee, fragt sie, ein Croissant?

Er stimmt zu, setzt sich draußen an einen der Tische, betrachtet den sonst leeren Platz.

Der Markt ist einer der wenigen Orte auf der Insel, die noch an frühere Zeiten erinnern. Die geschwungenen Fassaden, die Steingesichter, das löchrige Kopfsteinpflaster. Früher ist es laut gewesen hier. Unaufhörlich rumpelten Kutschen über das Pflaster, Touristen stiegen ein und aus, bevölkerten die Cafés und Bars, Musiker spielten für Kleingeld und Brautpaare verließen unter Klatschen und Glockengeläut die Kirche.

Heute gibt es die Geräusche nicht mehr. Den Steingesichtern an den Fassaden bröckeln die Nasen weg und die Locken. Die meisten Fenster sind versteckt hinter abblätternden blauen Läden und der steinerne Pfau in der Mitte des Platzes spuckt schon lange kein Wasser mehr.

Doch vor der Bäckerei sitzen ein paar Leute und man könnte meinen, die Fensterläden der Häuser ringsum seien nur gegen die Mittagshitze geschlossen.

Die Bäckerin kommt heraus, auf dem Tablett eine Tasse Kaffee, ein Croissant. Sie stellt beides vor ihm ab, doch geht nicht gleich wieder, schaut ihn an, wartet. Als wüsste sie, warum er hier ist, oder jedenfalls: dass es einen Grund für sein Kommen gibt.

Ich suche ein Mädchen, sagt er, und noch immer schaut sie ihn an. Unbewegt.

Man hat mir gesagt, wenn irgendjemand von ihr gehört hätte, dann du.

Sie lächelt.

Ich verpasse wenig, sagt sie, aber von einem Mädchen weiß ich nichts.

Er nickt, hält das Gespräch für beendet.

Doch sie bleibt, fragt: Wer ist sie?

Ich weiß nicht, sagt er. Sie ist aufgetaucht im Sommerpalast, eines Tages. Und jetzt ist sie fort.

Machst du dir Sorgen? Sorgen um sie?

Ja, sagt er. Nein, sagt er. Ich weiß nicht.

Du vermisst sie.

Er nickt.

Willst du mir von ihr erzählen, fragt sie, und er ist selbst überrascht, dass er wieder nickt, dass sie sich setzt, dass er erzählt.

Das gelbe Haus

Schritte auf dem Kies vor dem Haus, doch es ist nicht der Hausmeister, diesmal nicht. Es ist der Barmann, der kommt, um die Pfirsiche zu ernten. Jedes Jahr kommt er, und jedes Mal überrascht es sie doch.

Die Frau des Generals hilft ihm beim Pflücken. Genießt die Weichheit der Früchte, die Haut wie das Fell eines Tieres. Sie legt die Pfirsiche vorsichtig in die Körbe, um sie nicht zu zerdrücken. Es besteht keine Notwendigkeit für ihre Vorsicht. Der Barmann wird die Früchte zerkleinern, sie gären lassen, zu Schnaps brennen. In ein paar Wochen wird er wiederkommen, um ihr einige Flaschen zu bringen.

Wie immer arbeiten sie stumm, wie immer laden sie die vollen Körbe gemeinsam auf seinen Handkarren. Nur wenige Früchte bleiben hängen an den Bäumen. Sie wird sie in Teig backen oder einmachen für den Winter. Einen weiteren Winter hier, ein weiteres Jahr auf der Insel.

Sie merkt nicht, dass sie erstarrt ist über diesem Gedanken, bis der Barmann sie anspricht.

Ich komme wieder, sagt er, für die Äpfel im Herbst.

Hast du gehört, fragt sie, von dem Mädchen im Sommerpalast?

Ja, sagt er.

Was hältst du davon?

Ich weiß nicht, was davon zu halten ist.

Glaubst du, man wird sie suchen kommen?

Ich weiß nicht einmal sicher, sagt er, dass es sie gibt, sie gab.

Aber wenn doch? Wenn die Fähren zurückkommen? Wenn andere nachkommen?

Er schaut sie nicht an. Wenn sein Blick sie träfe, glaubt sie, läge Mitleid darin.

Glaubst du nicht, fragt sie, dass sie zurückkommen?

Wir werden sehen, sagt er, greift den Karren. Ich komme wieder, sagt er, für die Äpfel im Herbst.

Sie nickt und kommt doch nicht umhin zu hoffen, dass sie nicht mehr hier sein wird, wenn die ersten Äpfel fallen.

Die Insel

Die Doktorin geht an der Küste entlang. Bis dorthin, wo der Strand in Steilküsten endet.

Sie steigt bergan, taucht in den Schatten der Bäume, geht in einem ausgetrockneten Flussbett aufwärts. Beinahe kühl ist es hier, und sie stellt sich vor, wie Wasser um ihre Knöchel spülen würde im Winter.

Doch schon nach wenigen Metern dünnen die Bäume aus, säumen geschwärzte Stümpfe das Flussbett. Äste liegen in der Landschaft wie Knochen und zwischen den Felsen wächst nichts als verdorrtes Gestrüpp. Die Steine rutschen weg unter ihrem Fuß, aber sie fängt sich, sie geht.

Bald ist ringsum nichts als versehrte Landschaft. Man könnte vergessen, dass es Wald gibt auf dieser Insel, Häuser, Menschen. Man könnte vergessen, dass es Leben gibt.

Die Doktorin bleibt stehen inmitten dieser Versehrtheit, kann sich nicht lösen davon. Wie man sich auch von einem Toten nicht einfach abwenden kann. Man muss bleiben, ein wenig, man muss das beendete Leben betrauern.

Wann, fragt sie später den Barmann, hat es dort gebrannt?

Es war, sagt er, in einem der letzten Sommer, bevor die Fähren wegblieben.

Wie kam es dazu?

Ich weiß nicht. Einige sagten, es sei ein Tourist gewesen mit einer achtlos fortgeworfenen Zigarette. Andere waren sicher, dass der Wald abgebrannt wurde, um Platz für neue Hotels zu schaffen.

Glaubst du, das hätte jemand getan?

Ja, sagt er. Damals, ja. Es gab oft Streit wegen der Grundstücke. Man war sich uneins, ob man zu bauen aufhören sollte.

Man war sich uneins, wo die Grundstücksgrenzen verliefen. Je weniger Platz zum Bauen übrig war, desto mehr stritt man. Es gab Nachbarn, die sich den besseren Blick nicht gönnten oder das größere Grundstück. Die sich gegenseitig die Aussicht verbauten oder die Erde an den Grundstücksgrenzen wegbaggerten, bis die Häuser absackten, Risse bekamen. Es gab Schwestern, die jahrelang nebeneinander lebten, nebeneinander arbeiteten, ohne noch ein Wort miteinander zu wechseln. Es gab Brüder, die sich so lange um das Erbe stritten, bis es nichts mehr wert war. Bis sie die Insel verließen auf verschiedenen Booten.

Ich habe nichts bemerkt davon, sagt die Doktorin.

Wir hatten gelernt, die Gäste nichts spüren zu lassen. Vielleicht brach der Streit deshalb umso heftiger aus, wenn er dann ausbrach. Wir stritten in den Hinterzimmern und Wohnungen. Wir stritten während der Wintermonate.

Der Sommerpalast

Der Hausmeister hat gefragt nach Ada, hat alle gefragt. Aber keine Spur, kein Hinweis darauf, dass sie je hier gewesen ist.

Er hat sich nie einsam gefühlt. Früher. Vorher. Doch jetzt fühlt es sich falsch an, allein das Gemüse zu wässern, allein die Tiere zu versorgen, allein zu essen.

Niemand schwimmt mehr im Pool, doch er fischt weiter das Laub heraus, hält das Wasser sauber. Den Pool zu leeren käme ihm vor wie das Eingeständnis eines Verlusts. Eine Endgültigkeit des Verlusts.

Er zieht zurück in sein Schlafzimmer, sein ursprüngliches. Als ließe sich die Zeit damit umkehren oder in Schleifen legen. Als könnte Ada zurückkommen, wenn der Zustand vor ihrem Verschwinden wiederhergestellt wäre. Aber sie bleibt verschwunden, dennoch. Er sucht weiter nach ihr, dennoch. Morgens geht er früh aus dem Haus, durchkämmt das Grundstück des Hotels, den Wald, geht in den Ort, geht auf und ab am Strand. Nachts liegt er lange wach, lauscht auf jedes Knacken und Knarren, schläft endlich doch ein, erwacht bald wieder mit einer Plötzlichkeit, als hätte ein Geräusch ihn geweckt.

Manchmal wünscht er sich, er könnte ihr zumindest im Traum begegnen, doch auch darin existiert Ada nur als eine Abwesenheit.

Die Frau des Generals holt die Kartons mit den Platten aus der Kammer im Flur. Die Deckel der Kartons sind eingedrückt, gerissen vom Gewicht der Bücher, die der General darauf gehäuft hat. Ihr Inhalt aber ist unversehrt.

Sie wischt den Plattenspieler mit einem feuchten Lappen, setzt eine neue Nadel ein. Erst dann zieht sie die erste Schallplatte aus der Hülle, entfernt vorsichtig das feine Papier. Sie hält die schwarze Scheibe ins Licht. Kein Staub darauf, kaum ein Kratzer. Sie setzt die Nadel an.

In dem kurzen Moment, bevor die Musik einsetzt, in der knisternden Pause, glaubt sie, etwas wiedergefunden zu haben. Doch mit dem ersten Ton geht ihr das Gefühl verloren. Die Musik sagt ihr nichts.

Eine Platte nach der anderen spielt sie ab. Sie kennt die Melodien. Sie weiß, dass sie früher getanzt hat dazu. Sie weiß, dass sie glücklich war, wenn sie tanzte. Sie weiß es, doch erinnert sich nicht. Erinnert das Gefühl des Glücks nicht. Erinnert sich nicht glücklich.

Trotzdem legt sie die nächste Platte auf und wieder die nächste. Mit jeder weiß sie weniger, was sie gesucht hat, was zu finden gewesen wäre.

Tage vergehen und keine Fähre legt an, kein Hausmeister kehrt zurück zu ihr.

Die Kartons bleiben stehen im Wohnzimmer und jeden Abend fällt der General beinahe darüber auf dem Weg ins Bett.

Die Insel

Wieder treibt es den Hausmeister früh aus dem Haus und an zwei sich kreuzenden Wegen trifft er die Doktorin. Wie verabredet gehen sie nebeneinander her, langsamer zusammen als allein.

Es ist etwas Fahriges an der Doktorin. Ein Flirren. Er schaut sie an, genauer.

Du bist schmal geworden, sagt er. Noch schmaler.

Sie schaut ihre Hände an, als ließe sich ihr Gewicht an ihnen ablesen.

Vielleicht, sagt sie.

Du hast lange keine Bücher geholt.

Ich kann nicht lesen, sagt sie. Nicht jetzt.

Er könnte fragen, warum sie nicht lesen kann. Er könnte fragen, was anders geworden ist. Er könnte fragen, warum sie hier ist statt am Strand. Und vielleicht würde sie antworten, vielleicht würde sie auch ihn fragen, wieso er hier ist statt im Sommerpalast. Vielleicht könnten sie einander etwas zu sagen haben.

Doch keiner von ihnen spricht, und stumm gehen sie nebeneinander her, bis sie den Sommerpalast erreichen, bis er meint, sich verabschieden zu müssen, bis er sich verabschiedet.

Komm bald mal wieder, sagt er.

Ja, sagt sie. Ja, vielleicht.

Apartment 3B

Die Doktorin hat sich gewöhnt an das kleine Bad. Daran, dass nach dem Duschen auch der Badezimmerboden nass ist, weil es keinen Vorhang gibt. Daran, dass die Handtuchhalterung aus Plastik von der Wand fällt, wenn sie dagegenstößt. Auch an die niedrige Küchenzeile hat sie sich gewöhnt und die defekte Herdplatte, die alles zu schnell zum Kochen bringt. Sie hat sich an alles gewöhnt in dieser Wohnung, die nie dafür gedacht war, dass man lange genug bleibt, um sich daran zu gewöhnen. Nicht gewöhnt aber hat sie sich an den Körper, der sich darin bewegt.

Die Doktorin steht in der Tür zum Bad, weit genug weg vom Spiegel, dass sie sich beinahe komplett darin sehen kann.

Nichts an diesem Körper ist ihr vertraut. Die dünn gewordene, gebräunte Haut. Die Fingergelenke wie Kugeln. Die Sehnen der Beine, die sich wie Seile abzeichnen. Selbst ihr Haar ist strohig geworden von Seeluft und Sonne, durchzogen von Grau.

Ein lächerlicher Körper.

Der Körper ist nie richtig gewesen. Erst war er zu dürr, also stopfte man Brot in ihn hinein und zu süße, zu fettige Torte. Doch das Fett sammelte sich bloß am Bauch bei diesem Körper, also entzog man ihm das Essen. In Kleidchen steckte man ihn, die gerafft waren unter der Brust, damit man den Bauch nicht gleich sah. Die Nägel lackierte man in Rosa und Perlmutt, doch immer verschmierte der Lack oder platzte, kaum dass er getrocknet war. Das Haar legte man in Locken, doch die hingen sich aus, also föhnte man es glatt und glänzend, färbte hellere Strähnen hinein.

Als der Körper wieder mager genug war, legte man Kissen

in den BH. Das war der am wenigsten zu kritisierende Zustand. Der Zustand, der beizubehalten war.

Ich schulde mich ihnen, ich schulde ihnen eine Ansehnlichkeit.

Die Doktorin schließt die Augen vor dem Spiegelbild, versucht, den Körper von innen zu betrachten.

Sie spürt die Muskeln in den Oberschenkeln, den geraden Rücken, die Finger, die sich immer ein wenig zusammenziehen, als wollten sie einen Stift greifen, als wollten sie sich zur Faust ballen. Sie spürt die Bauchdecke, die sich hebt und senkt.

Mit den Fingern fährt sie die Linien ihres Gesichts nach. Die Stirn mit den starken Brauen, die schmale Nase, der kräftige Kiefer. Die Haut fühlt sich dünn an, wie seidiger Stoff, der sich unter dem Druck der Finger verschiebt.

Die Ohrläppchen sind leicht verdickt, dort, wo früher Ohrringe gehangen hatten aus Gold oder Perlen. Beinahe fühlt es sich an, als säße eine kleine Perle unter der Haut.

Die Frau des Generals ist bei den Pferden, als der Hausmeister zurückkehrt. Sie pumpt Wasser in zwei Eimer aus Blech, trägt sie zur Tränke, leert sie, geht zur Pumpe zurück. Wortlos greift er nach einem der Eimer und zusammen schreiten sie die Strecke ab, bis die Tränke gefüllt ist bis zum Rand.

Sie macht Kaffee, den sie schweigend trinken, auf der Bank vor dem Haus, die im Schatten liegt am Vormittag. Der Hausmeister sitzt dicht neben ihr. Er riecht sauber. Nach Seife und Zitrone und entfernt nach Minze.

Hast du Ada gefunden, fragt sie.

Nein, sagt er.

Die Sonne steigt höher und schiebt den Schatten fort von ihnen.

Ich fange an, mich zu fragen, ob sie wirklich hier war. Ich fange an, mich zu fragen, ob sie jetzt hier war. Ob sie bloß ein Schatten war, hinübergerutscht aus einer anderen Zeit. Ich fange an, mich zu fragen, ob ich verrückt werde. Oder ob ich es bis jetzt war. Ob wir alle verrückt waren. Ob wir es noch sind.

Sie will ihm antworten, doch weiß nicht, wie.

Früher, sagt er, habe ich manchmal gedacht, dass wir ein Paar hätten sein können. Wenn es anders gewesen wäre. Wenn es den General nicht gegeben hätte.

Und heute, fragt sie.

Gibt es den General noch immer. Und wahrscheinlich wäre es auch ohne ihn nicht gut gegangen.

Ja, sagt sie und weiß nicht, ob sie es so meint.

Früher, hatte er gesagt, habe ich manchmal gedacht, dass wir ein Paar hätten sein können.

Sie hatte es nicht gedacht. Damals nicht. Seine Anwesenheit, seine Aufmerksamkeit war ihr selbstverständlich gewesen. Vielleicht hatte sie gewusst, dass er sich etwas anderes wünschte, aber wenn, dann hatte sie auch gewusst, dass er es nicht aussprechen würde.

Spielst du noch, manchmal, hatte der Hausmeister gefragt, als er ging. Nein, hatte sie gesagt. Nein, nie.

Am nächsten Morgen aber geht sie nicht in den Garten, sondern in die kleine Kammer neben der Haustür. Nur das Klavier steht darin, von einem zugestaubten Laken bedeckt. Vorsichtig rafft sie den Stoff zusammen, legt das dunkle Holz frei, die Tasten wie vergilbte Zahnreihen.

Ihre Finger bleiben darüber schweben, schlagen keinen Ton an.

Sie bleibt so stehen, eine Weile, trägt dann das Laken vorsichtig hinaus, wäscht es, wäscht es noch einmal, lässt es von Wind und Sonne trocknen. Am Abend legt sie den sauberen Stoff vorsichtig über den hölzernen Körper, schließt die Tür. Von draußen tönen Hufschläge.

Der Sommerpalast

Es regnet. Vier Tage lang regnet es.

Der Hausmeister geht von Raum zu Raum, schaut unter die Betten, in die kleinen Schubladen der Nachttische, zieht wahllos Bücher aus den Regalen der Bibliothek. Er weiß nicht, wonach er sucht. Nach einem Zeichen vielleicht, einem Hinweis, dass Ada hier war. Wenigstens das.

Was er findet, sind seine eigenen aus Papier gefalteten Tiere. Versteckt zwischen Büchern, unter Betten, in Teedosen. Was er findet, sind immer bloß Spuren von ihm selbst.

Das gelbe Haus

Es regnet. Vier Tage lang regnet es.

Die Frau des Generals sperrt die Badezimmertüre zu, lässt die Fenster offen, doch auch das Strömen des Regens übertönt nicht das Schlurfen des Generals, der auf und ab durch das Haus streift.

Wenn das Wetter umschlägt, schmerzt ihn die Schussverletzung im Bein, und früher, anfangs, hatte sie ihm die Narbe mit Öl massiert. Er hielt dabei die Augen geschlossen und sie konnte unbeobachtet sein Gesicht betrachten, durch das immer wieder ein kurzer Schmerz zuckte. Versteckt. Unterdrückt. Wie ein kurzes, kaum wahrnehmbares Beben.

Sie hat ihn lange nicht massiert, und gegen die Schmerzen, gegen die Unruhe, streift er auf und ab durch das Haus.

Am liebsten würde sie ihn auf das Pferd setzen wie immer, aber er käme sicher mit einer Erkältung heim und sie müsste ihn pflegen, ihm den Schleim aus dem Gesicht wischen und täglich die verschwitzten Laken wechseln. Und am Ende wäre er doch nicht tot.

Sie taucht in der Wanne unter und einen Moment lang drückt das Wasser Stille in ihre Ohren. Aber auftauchen muss sie doch, muss aus dem Wasser steigen, wenn ihre Fingerkuppen sich in Wellen legen, muss das Bad wieder aufsperren, muss dem General im Flur begegnen, in der Küche.

Damit seine Unruhe nicht größer wird, führt sie ihn schließlich zum Sessel, legt ihm die billigen illustrierten Heftchen in den Schoß, die es damals am Hafenkiosk zu kaufen gab und die er nie ohne Verachtung angesehen hatte. Heute blättert er darin mit großen Augen, streicht mit den Fingern über die grellen Bildchen, die schlecht gezeichneten Körper. Sie bringt ihm Kakao in einer großen Tasse, sieht zu, wie sich ein brauner Schnurrbart über das schlecht rasierte Grau legt. Der Anblick könnte rührend sein.

Apartment 3B

Es regnet. Vier Tage lang regnet es.

Am ersten Tag läuft die Doktorin über die Insel, rennt fast, unter ihren Füßen ein Spritzen, die Haare, die Kleidung, die Schuhe mit Wasser vollgesogen. Sie stört sich nicht daran, läuft länger noch, weiter noch als sonst, erwacht am nächsten Tag fiebernd und mit schmerzendem Hals.

Sie hat vergessen, wie es ist, krank zu sein, als wären all die Krankheiten, die sie in ihrem Leben gehabt hatte, die einer anderen gewesen. Das Leben einer anderen, der Körper einer anderen.

Die andere hatte eine Mutter gehabt, die sich um sie kümmerte, wenn sie krank war, hatte Mitbewohner gehabt, manchmal Partner. Die Doktorin aber liegt allein in ihrem Bett, bringt nur mit Mühe genug Kraft auf, um aufzustehen, ein Glas mit Wasser zu füllen und noch eins und noch eins. Am liebsten würde sie den Regen direkt in ihren ausgedorrten Mund strömen, sich davon ausfüllen lassen.

In ihren Träumen gerät sie unter Wellen, wird an Land gespült, beinahe, wird zurückgezogen ins Meer. In ihren Träumen wird der Boden unter ihren Füßen weggewaschen, das Apartment stürzt dem Meer entgegen.

Erst als der Regen nachlässt, sinkt das Fieber und sie sucht in den Schränken nach Lebensmitteln, findet ein Glas Bohnen, einen Rest Käse. Sie isst langsam, vorsichtig, als hätte sie vergessen, wie man isst, kaut, schluckt. Danach setzt sie sich auf die Terrasse, legt die Hände um den Kaffeebecher und schaut zu, wie der Regen als Dunst aufsteigt. Als wollte das Wasser zurück an den Ursprung, zurück in die Wolken, die längst fort sind. Weitergezogen.

Nicht nur die Wolken, auch die Unruhe ist fort, wie vom Fieber aus ihr herausgebrannt. Und statt über die Insel zu laufen, bleibt sie sitzen, sieht zu, wie die Feuchtigkeit aus dem Boden aufsteigt, wie ihr eigener Schatten um sie herum wandert. Erst am Abend geht sie zurück ins Haus, liest, versucht zu lesen. *Wenn ich hingegen ›heute‹ sage, fängt mein Atem unregelmäßig zu gehen an, diese Arhythmie setzt ein.* Nein, denkt sie. Nein, es ist doch gerade das Heute, das in ihr nichts erregt, das alles angenehm ruhig macht. Erst, wenn das Heute bröckelt und darunter die anderen Zeiten sichtbar werden, kommt die Unruhe.

Sie schließt das Buch, verlässt das Haus.

Es klopft an der Tür und wieder ist es die Doktorin.

Der Hausmeister will sie in die Bibliothek bringen, aber nein, sagt sie, heute nicht. Gesellschaft wäre schön, sagt sie, ein wenig.

Gesellschaft, wiederholt er.

Es ist lange her, dass jemand außer Ada hier gewesen ist. Es ist lange her, dass er Gesellschaft hatte. Die Art von Gesellschaft, um die die Doktorin bittet. Es gibt Regeln dafür, Abläufe. Man setzt sich hin, zusammen. Man bietet Getränke an.

Er schickt die Doktorin vor zum Pool, tritt seit Jahren zum ersten Mal hinter die Bar.

Die Flaschen haben Staub angesetzt und er wischt sie mit einem Lappen sauber. Einen Moment zögert er, den Verschluss zu öffnen, als wäre dies das endgültige Eingeständnis der neuen Verhältnisse. Doch die Verhältnisse sind längst nicht mehr neu, bloß das Eingeständnis.

Fast bis zum Rand füllt er zwei kleine Gläser.

Der Sommerpalast

Die Madeleine der Doktorin ist kein in Tee getauchtes Gebäckstück, sondern der erste Schluck Wermut.

Die Süße, dann die Bitterkeit der Kräuter, die sanfte Schärfe des Alkohols hinten im Rachen. Die Zeit stürzt in sich zusammen und sie trinkt noch einmal den ersten Alkohol ihres Lebens, trinkt ihn am Pool eines anderen Hotels, während ihre Eltern schlafen, rotweinschwer in dem zu schmalen Bett.

Sie trinkt den ersten Alkohol ihres Lebens, trinkt ihn allein. Die Bar ist leer und die Frau hinterm Tresen vergisst, nach ihrem Alter zu fragen, entscheidet sich, zu vergessen.

Sie trinkt den ersten Alkohol ihres Lebens, schreibt in das kleine Notizbuch, das sie gekauft hat, früher am Tag. Der Stift, um den sie an der Rezeption gebeten hat, drückt ihre Schrift als Relief in das dünne Papier. Und sie beschließt, dass ihr Leben sich genau so anfühlen soll. Wie Urlaub im Süden und ein heimliches Glas spätnachts an der Bar. Sie beschließt, zu schreiben. Beschließt, ihr Leben schreibend zu verbringen. Schreibt die verbleibenden Nächte durch.

Doch der Urlaub geht vorbei und es sind Dinge zu tun, es sind die Erwartungen der Eltern zu erfüllen, es bleibt für das Schreiben kein Raum. Sie vergisst den Geschmack von Wermut, vergisst das Gefühl einer Möglichkeit. *Und manchmal weiß man also doch, wann es angefangen hat, wie und wo, und welche Tränen zu weinen gewesen wären.*

Die Bäckerei

Der Hausmeister kehrt zurück zur Bäckerei am Markt, trinkt Kaffee.

Der Wermut sitzt ihm noch als Schwere im Kopf. Er hatte lange nicht getrunken, vorher lange nicht. Doch der Wermut machte, dass die Doktorin zu reden anfing. Sie erzählte von einem Urlaub vor langer Zeit, vom Schreiben und von dem Wunsch, es wieder zu tun. Sie bat ihn um Stifte, um Papier. Mit dem Glas in der Hand ging er auf die Suche, und als er fündig wurde, füllte er ihnen noch einmal die Gläser.

Jetzt drückt die Sonne heißer noch als sonst, und er bittet um Wasser zum Kaffee.

Der Hausmeister sieht das Tor der Kirche sich öffnen, den Pastor heraustreten in vollem Ornat. Der Pastor steht, die Hände zum Himmel erhoben wie zum Gebet. Bis die Bäckerin den Platz überquert, ihm Brot in die geöffneten Hände legt.

Mit Verzückung im Gesicht küsst der Pastor den Laib, zieht sich zurück in die Kirche und die Bäckerin überquert noch einmal den Platz, bleibt stehen neben dem Hausmeister, schaut zurück zur Kirchentür, die langsam zuschwingt.

In meiner Jugend, sagt der Hausmeister, hat es einen anderen Pastor gegeben, alt war er und beinahe schwerhörig. Man hörte ihn predigen bis hinaus auf die Straße. Den ersten Alkohol meines Lebens stahl ich von ihm. Wir schlichen uns hinein in die Kirche, meine Freunde und ich, probierten vom Messwein. Er schmeckte sauer und pelzig, und wir glaubten, nach ein paar Schlucken betrunken zu sein. Wir wussten noch nicht, wie betrunken sein sich anfühlt.

Ich glaubte nicht an Gott, damals schon lange nicht mehr, doch abends im Bett dachte ich, dass der Messwein mir im Magen brannte als Strafe, als Buße.

Der Pastor verzweifelt an seiner unerwiderten Liebe zu Gott. Er streitet, er bettelt, er betet, aber der Gekreuzigte erhört ihn nicht, und die Fähren kommen nicht wieder.

Früher waren die Touristen in die Kirche gekommen, um den Gekreuzigten zu sehen und die Ikonen in Silber. Und wenn sie ihn sahen, den Pastor, dann grüßten sie, dann wurden sie stiller und stellten den Blitz aus an ihren Kameras.

Als die Fähren fortblieben, war das sein Wunder, sein Zeichen. Er würde sie zurückbringen mit der Kraft seines Glaubens, er würde auch die anderen glauben machen. Und in ihrer Verzweiflung wandten sie sich tatsächlich der Kirche zu, wandten sich ihm zu, saßen gemeinsam betend im Kirchenschiff. Vielleicht war das die beste aller Zeiten.

Doch die Leute verloren ihren Glauben mit der Ungeduld von Kindern. Sie kehrten der Kirche den Rücken, der Insel den Rücken und überließen es ihm, zu glauben.

Und er glaubte. Er glaubt. Doch mit den Jahren ist aus dem Glauben auch ein Zorn gewachsen und oft schreit er den Gekreuzigten an, der sich weigert, vom Kreuz herabzusteigen, der sich weigert, ihn zu retten.

Das gelbe Haus

Der Himmel hängt tief. Fast meint die Frau des Generals die Wolken berühren zu können, wenn sie sich bloß streckte, bloß ein wenig.

Sie müsste Gemüse ernten, einkochen oder in der Sonne zum Trocknen auslegen. Stattdessen geht sie zu den Koppeln hinüber, legt die Hände unter die weichen Nüstern der Pferde. Sie vernachlässigt die Pflege des Gartens und schon kriecht das Unkraut hervor, um das Gemüse zu ersticken.

Das muss in Ordnung gebracht werden, denkt sie, morgen muss sie es in Ordnung bringen. Doch morgen steht sie wieder lange bei den Pferden, sieht ihren langsamen Bewegungen zu, und unter dem Mahlen ihrer grasenden Kiefer vergeht wieder ein Tag.

Sie füttert den General mit Eingemachtem, das sie für den Winter brauchen, eigentlich. Sie hört auf, ihn in die Wanne zu setzen am Abend. Und nachts muss sie das Bett verlassen wegen des Geruchs nach Schweiß und Pferd, wegen des Geruchs nach altem Mann. Sie muss das Bett verlassen, um ihn nicht mit dem Kissen zu ersticken.

Die Luft im Haus ist schwer vor Hitze, und sie muss raus, raus in den Garten, in die sich nur langsam abkühlende Luft, in den Wind, der vom Meer heraufweht. Sie nickt ein auf der Bank vor dem Haus, erwacht im ersten Licht mit schmerzendem Nacken und eingeschlafenem Bein.

Apartment 3B

Die Doktorin schraubt den Füller auseinander. Die Tinte darin ist zu einer lackartigen Schicht vertrocknet, und sie spült, spült, spült, bis es dunkelbraun, fast schwarz ins Waschbecken rinnt. Es dauert lange, bis die Flüssigkeit blasser wird, schließlich einen rötlichen Schimmer bekommt, von lange getrockneten Resten roter Tinte. Sie bläst das Wasser aus der Feder, und noch einmal spritzt es tintige Tropfen auf das Porzellan. Mit einem Fetzen Stoff tupft sie die Feder ab, lässt sie zum Trocknen liegen.

Das Tintenglas wurde noch nicht geöffnet und sie hält es gegen das Licht. Ein beinahe schwarzes Blau. Wie die erste Ahnung des Tages am Ende der Nacht. Knackend öffnet sich der Verschluss unter ihrer Hand und sie zieht Tinte in die Patrone.

Auf dem Tisch liegen Rechnungsbücher, Blöcke, Briefpapier sorgfältig gestapelt. Auf einigen ist der Name des Sommerpalasts aufgedruckt.

Der erste Strich mit der Feder auf dem Papier fühlt sich kratzig an, die Tinte fließt nur zögerlich. Doch geduldig zieht sie Strich nach Strich, drückt die Feder aufs Papier, vorsichtig, doch fest genug, dass sie sich spreizt, ein wenig, dass die Tinte freier fließt.

Dem Hotelchef hatte der Füller gehört. Er war kaum benutzt worden, bloß für gelegentliche Unterschriften oder kurze Briefe an besondere Gäste.

Es sollte damit geschrieben werden, hatte der Hausmeister gesagt.

Und die Doktorin schreibt.

Oder eher: Die Doktorin setzt zu schreiben an. Die Doktorin versucht, zu schreiben. Die Doktorin schreibt tatsächlich nicht.

Je länger sie sitzt und nicht schreibt, desto unmöglicher fühlt es sich an. Sie nimmt Stift und Papier, geht hinunter zur Bar am Strand.

Die Doktorin beobachtet den Flug der Möwen über dem Wasser. Über eine Stunde müht sie sich, die Bewegungen der Möwen zu beschreiben, dieses Gleiten und Stürzen, in dem ganz kurz ein Muster aufzutauchen scheint, eine Choreografie, nur beinahe erfasst und schon wieder verschwunden. Sie versucht, die Schreie zu beschreiben, diese heiseren Laute, die wie ihr eigenes Echo klingen.

Doch nur Ahnungen davon auf dem Papier, flüchtige Skizzen.

Das gelbe Haus

Wieder kann die Frau des Generals nicht schlafen, wieder verlässt sie das Haus, wieder sitzt sie im Garten.

Sie meint, eine Melodie zu hören im Zirpen der Grillen. Ein Triller. Ein Rascheln von Federn. Und plötzlich ist sie in einem anderen Garten, in einer anderen Zeit. Sie sitzt im Gebüsch hinter einem der Häuser, die nur für den Sommer geöffnet werden. Sie ist einer Katze gefolgt und die Katze hat einen Vogel aufgeschreckt. Ein Rascheln von Flügeln. Das Trillern eines Klaviers vom Haus her.

Sie streckt den Kopf heraus aus dem Gebüsch, späht nach den weit geöffneten Terrassentüren, nach der Frau, die dort sitzt am Klavier, die spielt.

Sie bleibt sitzen im Gestrüpp, bis ihr die Beine einschlafen, bis die Frau zu spielen aufhört. Dann steht sie auf, will heraus aus dem Garten, doch sie schafft es nicht. Die tauben Beine sacken unter ihr weg und sie stolpert, verfängt sich, stürzt. Und die Frau pflückt sie heraus aus den Büschen, stellt sie auf die kribbelnden, schmerzenden Füße.

Ich wollte die Musik hören, sagt sie. Tut mir leid, sagt sie.

Die Frau schweigt.

Ich würde auch gern so spielen können, sagt sie, weil sie das Schweigen nicht aushält, weil sie nicht weiß, ob sie gehen darf, gehen soll.

Hast du schon einmal Klavier gespielt, fragt die Frau.

Nein, sagt sie.

Dann wird es Zeit, sagt die Frau, dreht sich um, geht zum Haus, und sie zögert, folgt aber, setzt sich auf den Hocker, auf den die Frau deutet. Er ist zu hoch für sie, ihre Füße gelangen nicht an die Pedale. Die Frau stellt ihn tiefer, zeigt ihr, wie sie sich zu setzen hat. Den Rücken aufrecht, die Schultern zurück.

Die Frau schlägt einige Töne an, bedeutet ihr, sie zu wiederholen, und sie tut es, noch einmal und noch einmal. Die Frau zeigt ihr, wie man eine Tonleiter spielt, wie die Finger untereinander durchgreifen, wie sie die Tastatur hinauf und wieder hinunter marschieren in gleichmäßigem Tempo. Sie klopft den Takt auf dem Holzkörper. Noch einmal. Und schneller. Mit festerem Anschlag.

Schließlich nickt die Frau, sagt: Genug. Sagt: Komm morgen wieder. Komm zur Haustür, diesmal.

Und sie geht und sie kommt wieder. Kommt jeden Tag wieder und die Frau zieht Notenlinien auf weißem Papier, schreibt Melodien hinein, bringt ihr bei, die Noten zu lesen.

So geht es einige Wochen.

Bis die Frau sagt, dass der Urlaub vorbei ist, dass das Haus geschlossen wird. Geschlossen bis zum nächsten Sommer. Doch die Frau gibt ihr den Schlüssel. Sie darf, sie soll zum Üben kommen.

Jeden Tag, sagt die Frau.

Jeden Tag, sagt sie.

Als die Frau zurückkehrt im nächsten Jahr, schaut sie sich die Fortschritte an, nickt, legt ihr einen Stapel Notenhefte hin.

So geht es einige Jahre.

Bis die Paparazzi kommen. Bis sie begreift, dass die Frau außerhalb der Insel jemand ist. Jemand, für deren Bilder man Geld bezahlt. In diesem Jahr reist die Frau früher ab. Und am nächsten Tag bringen Männer das Klavier zu ihrem Elternhaus. Das Klavier und einige Noten. Da weiß sie, dass die Frau nicht wiederkommt.

Und sie spielt. Spielt jeden Tag auf dem Klavier der Frau, das jetzt ihres ist. Spielt später für die Touristen im Sommerpalast. Spielt vielleicht immer in der Hoffnung auf die Rückkehr der Frau, in der Hoffnung darauf, dass dieser erste Verlust kein endgültiger wäre.

Die Bäckerei

Der Hausmeister hört auf, nach Ada zu suchen, doch er hört nicht auf, in die Bäckerei zu gehen. Er merkt, wie er sich gewöhnt an die Bäckerin, wie er früher kommt, länger bleibt.

Bald weiß er, dass sie am Vormittag backt, doch am Nachmittag Zeit hat, sich zu ihm zu setzen und zu sprechen über Ada oder über das, was passiert ist am Tag. Er beginnt sich zu freuen auf diese Nachmittage, ist enttäuscht, wenn sie sich nicht zu ihm setzt, wenn sie ihm mit einem Lächeln den Kaffee an den Tisch bringt und zurückgeht hinter ihren Tresen.

Er will sie fragen nach einem Treffen, anderswo. Nach gemeinsam verbrachter Zeit.

Er fragt sie nicht, geht hinunter zum Strand, trinkt ein Bier in der Bar, spricht mit dem Barmann oder der Doktorin.

Früher hätte ich sie in eines der Restaurants mitgenommen, sagt er. Eines von den guten. Wir hätten Wein getrunken, sagt er, die Sonne untergehen sehen und vielleicht einen Spaziergang gemacht am Strand.

Bring sie doch hierher, sagt der Barmann. Ich lege Fisch auf den Grill und die Sonne sieht man auch von hier aus untergehen.

Der Hausmeister nickt. Doch auch am nächsten Tag stellt er die Frage nicht, auch am nächsten Tag geht er hinunter zur Bar.

Das gelbe Haus

Die Blätter des Weins färben sich braun an den Rändern und die Trauben hängen schwer und dunkel an den Reben. Die Frau des Generals kann die kommende Fäule riechen und beginnt also doch mit der Ernte, sammelt die Trauben in einer großen Wanne, tritt mit nackten Füßen den Saft aus ihnen heraus. Die ersten Minuten sind ihr die liebsten, wenn sie spürt, wie die Traubenhaut unter ihren Füßen platzt, wenn die Früchte sich im Saft verlieren. Danach wird es schwieriger. Runde um Runde stampft sie durch die Wanne, sieht kaum noch Veränderungen in dem dunkelroten Brei.

Früher hatte sie die Ernte in Karren zum Marktplatz geschafft mit den anderen. Jemand hatte Musik gemacht und im Takt waren sie durch die riesige Wanne gestapft, während die Touristen zusahen und Wein vom Vorjahr kauften als Geschenk für Verwandte und Freunde.

Sie hatte den General mitgenommen im ersten Jahr und er hatte bei den Touristen gestanden mit einem Glas Wein. Er war gegangen, lange bevor sie am Ende des Abends aus der Wanne stiegen, er war nicht dabei gewesen, als sie danach noch feierten bis spät in die Nacht.

Im nächsten Jahr sagte er, dass er es kenne, dass sie allein gehen solle.

Im Jahr darauf fragte sie ihn nicht mehr, ob er mitkomme.

Heute steigt sie nach einigen Stunden allein aus der Wanne, die Beine rot bis über die Knie, füllt die Maische zum Gären in Fässer.

Danach sind die Beine ihr schwer, aber dennoch holt sie zwei Flaschen aus dem Keller, geht hinunter ins Dorf. Etwas Besonderes holen für das Abendessen. Eine Feier. Eine Feier für sich allein.

Die Fischerin sitzt an Deck ihres Boots, trinkt Wein, den die Leute ihr bringen. Auch die Frau des Generals gibt ihr einige Flaschen. Sie bekommt frischen Fisch dafür und ein paar Dörrfische für den Winter.

Die Fischerin ist die Einzige, die noch auf einem direkten Tausch besteht. Ein paar Jahre lang hatte man noch die dünnen Papierscheine hin und her getauscht, doch sie rissen, gingen verloren, und eigentlich waren alle froh gewesen, als man nichts mehr gegeneinander aufrechnen musste. Seither geben sie, was sie haben, bekommen, was sie brauchen. Doch die Fischerin sorgt sich um nichts als darum, nicht genug Wein zu haben. Am Morgen fährt sie früh aus, macht die Netze voll, verbringt den Rest des Tages trinkend, schläft irgendwann ein über dem Glas.

Mit dem Fisch im Beutel geht die Frau des Generals weiter zum Markt, zur Bäckerei. Sie will den gegrillten Fisch zwischen Scheiben gerösteten Brots legen. Doch schon bevor sie auf den Marktplatz tritt, noch aus dem Schatten der Gasse, sieht sie den Hausmeister vor der Bäckerei sitzen, sieht die Bäckerin neben ihm, sieht eine Vertrautheit zwischen ihnen.

Früher, hatte er gesagt, habe ich manchmal gedacht, dass wir ein Paar hätten sein können.

Die Frau des Generals tritt zurück in die Gasse, geht die Straße hinauf zum gelben Haus, wirft den Fisch unterwegs den Katzen hin, die sich gierig darauf stürzen.

Apartment 3B

Im Prinzip gibt es nur zwei Arten von Literatur, die nacherzählende und die suchende.

Die Doktorin weiß nicht, wonach zu suchen ist. Also erzählt sie. Erzählt sie nach.

Das Kind weiß, wie man spielt ohne Laut. Es kann sich aus der Welt herausnehmen, sich unsichtbar machen. Es ist, denkt das Kind, eine Superkraft, ein Verdienst. An den besonders unsichtbaren Tagen bekommt es am Abend Schokolade zur Belohnung.

Es ist ein braves Kind, sagt man, ein selbstständiges Kind, es macht keine Schwierigkeiten in der Schule, es lernt gut.

Mit dem Erlernen des Lesens wird es leichter, dieses Kind zu sein, wird es leichter, zu verschwinden. Und am Abend gibt es meist Schokolade.

Das Kind zerlegt Sätze in Wörter, in Buchstaben, reiht sie im Kopf auf. A R S C H L O C H. H Y S T E R I S C H E K U H.

Bald kann das Kind nicht mehr aufhören damit, zieht die Buchstaben mühsam wieder zu Wörtern zusammen, zu Sätzen, die ihm etwas vermitteln. Beim Lesen ist es leichter. Da stehen die Buchstaben schon in der richtigen Ordnung da, müssen nicht von ihm zusammengehalten werden.

Das Kind schreibt Gedichte und versteckt sie zwischen den Büchern. Später findet das Kind die Zettel wieder, schämt sich dafür, löst die Schrift in Wasser auf, wirft die nassen Klumpen in den Müll hinterm Haus. Das Kind schreibt neue Gedichte und alles beginnt von vorn.

Das Kind schaut von der Baumkrone aus hinab auf die Nachbarschaft. Das Kind ist noch nicht Teil von dem, was außerhalb des Gartenzauns passiert. Das Kind klettert sich klebrige Flecken in die Kleider.

Das Kind wächst zur Tochter heran. Tochter zu sein verlangt Manieren und gutes Aussehen. Tochter zu sein verlangt Haltung und ein lächelndes Gesicht.

Die Tochter beschmutzt sich die Kleider nicht mehr beim Klettern. Die Tochter nimmt sich Zeit am Morgen zum Schminken, Zeit am Abend zum Abschminken. Die Tochter isst langsamer, isst weniger, isst nichts.

Die Tochter sagt nichts, wenn sie nichts Nettes zu sagen hat. Die Tochter prahlt nicht mit ihrem Wissen. Die Tochter sagt respektvoll, wenn sie etwas besser weiß. Oder besser noch: Sie sagt es nicht.

Die Tochter hat Verständnis für die Gefühle anderer. Die Tochter zieht sich zurück, statt andere mit ihren Stimmungen zu belästigen. Die Tochter hat keine Stimmungen.

Wer über das Mädchen nachdenkt, denkt über Anfänge nach.

Die Doktorin fragt sich, ob dies der Anfang ist. Ob nicht früher anzusetzen wäre. Bei dem Mädchen, das ihre Mutter war. Bei deren Mutter. Bei den Jungen, die ihre Väter waren.

Die Doktorin denkt, dass ein Anfang immer erst im Rückblick existiert. Indem das Folgende es als Anfang kennzeichnet. Die Doktorin ist nicht sicher, zu welchem Folgenden sie einen Anfang sucht.

Der Hund isst gierig, als hätte er lange nichts bekommen. Ein Hunger, der nicht zu stillen ist. Die Ohren zucken, er richtet sich auf. Wittert. Bellt einmal.

Der Hausmeister wendet sich um. Sieht eine Gestalt am Tor. Denkt kurz, es wäre Ada. Hofft kurz, es wäre Ada.

Aber es ist die Bäckerin, die dort steht, die winkt.

Sie ist gekommen, um ihn um Hilfe zu bitten. Die Ofentür schließt nicht mehr.

Er geht seine Werkzeugtasche holen, geht neben ihr her in den Ort.

Sie ist ihm seltsam vertraut.

Es braucht nicht lang, um die Ofentür zu richten. Und schon feuert sie den Ofen wieder an, schiebt die vorbereiteten Brotlaibe hinein.

Der Hausmeister beobachtet ihre Hände, die einer vielfach geübten Choreografie folgen. Der Rhythmus ihrer Bewegungen beruhigt ihn, die Wärme des Ofens.

Gehst du essen mit mir, fragt er, und sie hebt den Blick, lächelt, nickt, arbeitet weiter.

Die Bar

Die Doktorin versucht sich am Schreiben an verschiedenen Orten. Sie schreibt im Apartment frühmorgens, schreibt in der Bäckerei, schreibt unterwegs auf Mauern sitzend, wenn ihr ein Gedanke kommt, schreibt in der Bar.

Die Studentin fällt erst auf, als die ersten Arbeiten geschrieben sind. Der Professor lädt sie ein zu einer Runde am Abend, bei sich zu Hause. Ausgewählte Studenten, Wein und Gespräche.

Sie kommt, sie trinkt, sie spricht nicht.

Auf den ersten Abend folgen andere. Alle Abende gleichen einander.

Einmal fragt der Professor, warum sie nie spricht.

Sie sagt, dass es immer die gleichen Gespräche sind.

So beginnt es. So reizt sie den Professor, sie zum Sprechen zu bringen. So beginnt er, sich mit ihr zu beschäftigen. So verliebt er sich in sie. So glaubt er, in sie verliebt zu sein.

Sie sind ein Klischee, treffen sich heimlich in seiner Wohnung, fahren zusammen weg übers Wochenende. Der Professor und die Studentin. Ihr gefällt das Banale daran. Die Variation einer vielfach erzählten Geschichte.

Als er eine Ehe will, verlässt sie ihn.

Das gelbe Haus

Der General kommt zurück am Abend auf seinem Pferd. Oder eher: Das Pferd kommt zurück mit ihm. Die Frau des Generals hört sie kommen, sieht sie kommen durch das Küchenfenster.

Das Pferd bleibt wie immer stehen vor dem Haus und sie sieht, wie der General den Kopf hebt, wie er das Haus ansieht, sich umschaut mit unruhigem Blick. Wie er versucht, das Pferd anzutreiben mit den Fersen. Sie sieht, wie der General sich über den Hals des Pferdes beugt, wie er versucht, das Bein über dessen Rücken zu stemmen, wie er ins Rutschen gerät, wie er fällt. Einen Schrei hört sie nicht.

Sie sieht, wie er sich rührt am Boden, nur leicht den Kopf hebt. Erst dann geht sie hinaus zu ihm.

Später tupft sie ihm Alkohol auf die Schrammen an den Armen und das aufgeschürfte Kinn. Er windet sich, doch sie ist stärker als er, jetzt ist sie stärker, und ihre Hände hinterlassen blassblaue Male um seine Handgelenke.

Die Bar

Die Doktorin ist in der Bar am Abend, sieht den Hausmeister kommen mit der Bäckerin, sieht die beiden sitzen am Rand der Terrasse, hört ein paar Brocken ihres Gesprächs.

Sie wird unruhig bei dem Anblick der beiden, versteht ihre Unruhe nicht, versteht sie so lange nicht, bis sie begreift, dass es an früher erinnert. Als sie selbst Männer kennenlernte zwischen Strand und Hotel. Es war eine Leichtigkeit darin, einander zu finden, eine Leichtigkeit sogar in der unvermeidlichen Trennung. Eine lange Umarmung zum Abschied, eine Träne der Form halber. Aber schon keine Spur von Trauer mehr auf der Brücke zur Fähre.

Die Doktorin schreibt.

Die Liebhaberin sitzt in den Bars, wenn es Abend wird. Sie genießt das Umschauen. Das Entdecken. Das Entdecktwerden. Sie schaut sich um nach einem, auf den sich ihre Sehnsucht richten kann. Sie entdeckt ihn und es beginnt: das sich Anschauen aus der Ferne, das Herauszögern einer Annäherung, die sich aufbauende Spannung, die Erwartung einer ersten, vermeintlich zufälligen Berührung. Am liebsten ist es ihr, wenn dieser Zustand einige Tage dauert. In dieser Erwartung, dieser flatternden, richten sich alle möglichen Zweifel bloß auf die Unsicherheit der endlichen Einlösung.

Was ihr verloren geht in diesen Tagen, ist die Fähigkeit, zu lesen. Die Fähigkeit, an etwas anderes zu denken als an diesen anderen Körper. Am Strand hält sie Ausschau unter halb geschlossenen Lidern. Sie sieht die Körper gern in Badehosen. Es hat etwas Rührendes, das Haar auf den Schultern, der leichte Ansatz eines Bauchs, die Operationsnarben. Es reichert die Fantasien an.

Die Liebhaberin kann nicht sagen, wonach sie sich ihre Männer aussucht. Es sind nicht die schönsten, die sportlichsten. Vielleicht ist es etwas in ihrem Blick. Vielleicht – das wäre das Einfachste – ist es eigentlich der Blick dieser Männer auf sie. Vielleicht sieht sie sich anders darin gespiegelt. Vielleicht kann sie sich schön finden in diesem Blick.

Die Liebhaberin berauscht sich am Davor. An der Aufregung, der Rastlosigkeit, die sich steigert mit jeder Nicht-Berührung. Jeder Andeutung. Jedem Zögern. Vielleicht ist dieses Davor ihr das Eigentliche. Der Moment, in dem nichts entschieden ist. Das Beieinander von Ablehnung und Erfüllung.

Doch das Davor darf nicht zu lange dauern. Es passiert, dass der Mann abreist, bevor die Spannung sich entladen kann. Dann wird sie rastlos, nimmt sich wahllos einen der anderen Männer, einen der plumpen, die keine Geduld für Blicke haben, die gleich drauflospreschen mit schalen Gesprächsversuchen.

Dann schließt sie die Augen, stellt sich den anderen vor, den Abgereisten. Und manchmal, zumindest für Momente, trägt die Illusion. Nur danach ist da der falsche Körper in ihrem Bett.

Die Bar

Der Barmann hat ein Tuch auf den Tisch gelegt, ein wenig verblichen, aber sauber, mit blauen Blüten. Der Tisch steht etwas abseits, das Meer im Blick, die Betrunkenen im Rücken.

Er bringt eine Karaffe mit Wein, schenkt erst der Bäckerin ein, dann dem Hausmeister. Verschwindet zurück an den Grill.

Ich bin oft hier gewesen, anfangs, erzählt sie. Ich habe in dem großen Hotel gewohnt, dort drüben. Das Reisebüro, für das ich arbeitete, hatte mich hergeschickt. Das Hotel war neu, das Essen gut, aber am wohlsten habe ich mich hier gefühlt, abends bei einem Wasserglas voll Wein.

Wie war dein Leben, vorher?

Mein Leben vorher? War, wie Leben eben sind. Zur Schule gehen, sich ein paar Mal verlieben, in den Ferien in der Bäckerei der Eltern aushelfen. Im Reisebüro wollte ich arbeiten, weil das die weite Welt versprach, aber ich lernte bloß, die Katalogtexte so klingen zu lassen, als wäre ich selbst dort gewesen.

Warst du unglücklich?

Nicht mehr als andere.

Warum bist du hier geblieben?

Wegen dieser trockenen Hitze im Sommer. Wegen des Geschreis der Möwen. Wegen des Geruchs von Pferdedung in den Straßen. Wegen der Abwesenheit von Autos und im Winter der Abwesenheit von Licht in der Nacht. Hier, sagt sie, habe ich zum ersten Mal gesehen, wie der Nachthimmel aussieht.

Auch der Hausmeister erzählt. Erzählt von den Wintern seiner Kindheit, wenn sie das Laub im Wald zu großen Hügeln auftürmten und sich von den Bäumen darauf fallen ließen. Wie sie auf vereiste Pfützen sprangen, bis sie brachen, splitterten. Wie sie die kalten Scherben auflasen und sich auf die Zungen legten. Dass die Kälte sich wie Hitze anfühlte.

Je mehr er erzählt, desto weniger kommt es ihm vor wie das Leben eines anderen. Wie Treibgut schwemmen Erinnerungen an die Oberfläche.

Im schwachen Schein der Lampen, den Geschmack von gegrillter Dorade und Rotwein im Mund, weiß er kaum, ob nicht doch Fähren im Hafen liegen. Und als sie spät in der Nacht das Hotel gemeinsam betreten, meint er fast, ein Atmen zu hören hinter den geschlossenen Türen.

Der Sommerpalast

Am Morgen ist die Bäckerin noch immer da. Nicht fort, wie die Fähren, nicht fort, wie Ada. Und der Hausmeister tut, als wäre alles normal daran, macht Frühstück, kocht Kaffee.

Nichts ist normal daran, dass da ein zweiter Körper ist in seinem Bett, an seinem Tisch. Doch wenn er tut, als ob, vielleicht wird es dann normal, wird es wirklich, bleibt.

Der Hausmeister dreht die Schuhe der Bäckerin um, die Spitzen hinein in den Raum, nicht hin zur Tür.

Wieso tust du das, fragt sie.

Zeigen die Schuhe zur Tür, sagt er, kommen die Besucher nicht wieder.

Das gelbe Haus

Ich hasse dich, sagt die Frau des Generals, will wissen, wie es sich anfühlt, es zu sagen.

Ich hasse dich, sagt sie noch einmal, doch er schaut noch immer nicht sie an, bloß den Löffel in ihrer Hand. Gerade außer Reichweite seiner mit Kartoffelbrei verschmierten Lippen. Sie ekeln sie, diese schmalen Lippen, die immer vor Speichel glänzen.

Sie weiß nicht mehr, wann sie angefangen hat, ihn zu hassen. Nur selten erinnert man sich an den Beginn eines Gefühls. Auch Liebe auf den ersten Blick existiert nur nachträglich, wenn man sich nicht mehr vorstellen kann, dass die Liebe jemals abwesend war. Die Frau des Generals kann sich nicht mehr vorstellen, dass der Hass jemals abwesend war.

Es muss sie gegeben haben, eine Zeit davor, aber sie erinnert sie nicht.

Sie erinnert nur, dass sie hasste. Hasste, wie er nur eine Braue hob, wenn sie etwas sagte. Hasste, wenn er ihr keine Antworten gab. Hasste, dass er alle Türen schloss zwischen sich und ihrem Klavierspiel. Bis sie es sein ließ, bis sie bloß noch im Sommerpalast spielte und zu Hause ein Laken über das Klavier breitete. Sie hasste sein Husten am Morgen und die auf dem Badezimmerboden zurückgelassenen Handtücher. Hasste die Geschichten vom Krieg, die er erzählte, und die, die er aussparte. Hasste den immer gerade abgewandten Blick.

Am meisten aber hasste sie sein Lächeln, als er ihr sagte, dass das letzte Boot die Insel verlassen habe.

Ich hasse dich, sagt sie und schiebt ihm einen weiteren Löffel Kartoffelbrei zwischen die kaum geöffneten Lippen.

Das Schreiben macht die Tage länger. Die Doktorin steht auf. Sie schreibt. Sie schreibt viel und dennoch hat der Tag kaum angefangen, wenn sie den Stift weglegt, vorerst weglegt. Der Rest des Tages ist zu füllende Zeit. Doch nicht wahllos zu füllende Zeit. Auch der Rest des Tages richtet sich aus auf das Schreiben, ist Vorbereitung, ist Suche. Sie liest, aber anders, jetzt. Auf der Suche nach Haken für ihre Gedanken. Sie spricht anders mit Menschen, jetzt. Sie hört anders zu.

Die Doktorin schreibt.

Die Dozentin nimmt ihre Aufgabe ernst. Sie verlangt viel von ihren Studierenden. Sie verlangt viel von sich. Ihre Seminare sind voll, doch manchmal wünscht sie, es käme niemand, manchmal wünscht sie, man würde sie entlassen. Sie gibt ihnen keine Gründe, sie zu entlassen.

Sie kauft Notizbücher, die im Regal darauf warten, beschrieben zu werden. Sie beschreibt sie nie.

Gebäude, die man nicht baut, verfallen nicht.

Der Sommerpalast

Sollen wir verschwinden, fragt der Hausmeister frühmorgens, im ersten Licht.

Wohin, fragt die Bäckerin.

Irgendwohin, sagt er.

Sie verneint.

Es wäre möglich, sagt er. Es wäre doch möglich zu gehen.

Es war doch eine Entscheidung, zu bleiben, sagt sie. Man hätte doch gehen können mit den anderen.

Sie schweigen eine Weile.

Man hätte gehen können, sagt er endlich, aber eine Entscheidung war es nicht. Mehr das Warten auf einen Moment, der nie eintritt. Wenn man bloß lange genug nichts tut, dann sieht es wie eine Entscheidung aus. Aber es steht kein Entschluss dahinter, nicht einmal ein Akzeptieren des Zustands. Nur die Unfähigkeit, sich zu etwas anderem zu entschließen. Und dann ist das eben der Zustand, in dem man bleibt. Dann ist es das.

Nachts kann sie den General neben sich atmen hören. Sie will ihm das Kissen aufs Gesicht drücken, bis es aufhört, das rasselnde Ein und Aus, die kurzen Pausen, wenn sein Atem aussetzt.

Sie erträgt es nicht mehr, erträgt ihn nicht mehr. Sein Atmen und die Essensreste im Bart. Sie erträgt seine Sachen im Haus nicht. Seine Abzeichen in der Vitrine, die Bilder von ihm in Uniform, das Hirschgeweih über seinem Sessel im Wohnzimmer.

Das Geweih ist das Erste, was sie von der Wand nimmt.

Auch seine Bilder hängt sie ab, nimmt seine Bücher aus dem Regal, die Krawatten aus dem Schrank.

Aus der Schublade holt sie das Schachspiel und die Karten.

Sie trägt die Sachen nach draußen hinter das Haus, türmt sie zu einem großen Haufen, legt Feuer daran, sieht sein Leben brennen.

Als die Flammen schwächer werden, kleiner werden, geht sie zurück ins Haus, um Nachschub zu holen.

Sie zieht die Uniform aus dem Schrank und ein Foto fällt heraus aus einer der Taschen. Sie kann sich nicht an das Bild erinnern, erinnert sich nicht an den Abend, an dem es aufgenommen wurde, erinnert sich nicht an die Frau auf dem Bild, die sie ist. Der General neben ihr auf dem Klavierhocker, sein Blick auf ihren Händen, die auf der Aufnahme verwischen, verschwimmen zur Spur einer Melodie.

Nie hat er so neben ihr gesessen. Nie hat sie so gelacht mit ihm.

Doch während sie das Bild betrachtet, kann sie sich vorstellen, dass dieses Paar heiraten könnte. Dass es ein Leben führen könnte, gemeinsam. Dass es ein glückliches Leben wäre.

Die Bäckerei

Die Bäckerin streicht sich das Haar mit dem Handrücken aus dem Gesicht und etwas Mehl fängt sich in ihrer Augenbraue. Wenn sie einmal zu arbeiten anfängt, schaut sie nicht auf, knetet mit fast grimmiger Ernsthaftigkeit den Teig.

Woran denkst du, wenn du arbeitest, fragt der Hausmeister später.

Sie schaut ihn an mit einer Ratlosigkeit, die er an ihr nicht kennt.

An nichts, sagt sie. An die Konsistenz des Teigs. Manchmal an die Müdigkeit meiner Arme nach einer schlechten Nacht.

Ich stelle es mir, sagt der Hausmeister, friedlich vor.

Ja, sagt sie zögernd. Vielleicht.

Würdest du es nicht so nennen?

Doch, sagt sie. Ich habe bloß nie so darüber gedacht. Es war nicht immer so. Früher nicht.

Wie war es, früher?

Es war, als führte ich einen Kampf. Gegen den Teig, gegen die nicht vergehen wollende Zeit, gegen meinen Körper, der nicht dort sein wollte, frühmorgens in der Backstube meiner Eltern.

Warum, fragt der Hausmeister, hast du dann dieses Haus gekauft? Warum eine Bäckerei daraus gemacht?

Ich hätte, sagt sie, auch Zimmermädchen sein können oder Reiseleiterin. Ich hätte mich in einer der Hotelküchen nach oben arbeiten können. Aber für eine Bäckerei gaben meine Eltern mir Geld. Also kaufte ich das Haus. Also eröffnete ich eine Bäckerei.

Mein Vater wollte das Haus kaufen, eigentlich, sagt der Hausmeister.

Warum tat er es nicht?

Du hast mehr Geld geboten.

Warum kaufte er kein anderes?

Er konnte es sich nicht leisten. Die Preise stiegen weiter. Irgendwann verkaufte er unser Haus. Er sollte das Lokal bekommen in dem Hotel, das zu bauen war. Das Hotel ist nie fertig geworden. Das Lokal wurde nie eröffnet.

Was tat dein Vater, als das Hotel nicht fertig wurde?

Er starb.

Bist du deshalb nie in die Bäckerei gekommen?

Vielleicht.

Gibst du mir Schuld daran?

Nein. Nicht mehr. Schon lange nicht mehr.

Ich hatte damals, sagt sie, das Gefühl, dass viele es mir übelnahmen, dass ich das Haus kaufte. Dass ich die Bäckerei eröffnete.

Du hast, sagt der Hausmeister, die Fassade verändert, als du kamst. Die vielen Schichten von Blau abgeschält, das Holz freigelegt. Du hast es geölt, hast Bäckerei darüber geschrieben in verschnörkelten Lettern. Und die Touristen sagten: Endlich, sagten: Wie schön. Die Touristen betraten das Haus zum ersten Mal. Die Touristen besetzten bald schon alle Tische.

Was war falsch daran?

Nichts. Alles. Es war das letzte der Lokale gewesen, in die nur wir gingen.

Aber es wäre doch auch ohne mich etwas anderes daraus geworden.

Ja, sagt er. Wahrscheinlich.

Das gelbe Haus

Die Augen des Generals reißen auf am Morgen. Nie ist es ein träges Auftauchen aus dem Schlaf, sondern immer ein angstvolles, plötzliches Erwachen.

Die Frau des Generals legt ihm eine Hand in den Nacken, spürt den schnellen Puls unter der dünnen Haut. Sie lässt ihm Zeit heute, drängt ihn nicht aus dem Bett, fasst ihn am Arm auf dem Weg zur Küche.

Sie hat Pfannkuchen gemacht und seine Augen finden sofort den Teller, sein Mund öffnet sich erwartungsvoll. Und während sie die honiggetränkten Teigstücke in seinen Mund schiebt, fragt sie sich, wie er sich das Leben mit ihr vorgestellt hatte. Warum er auf der Insel hatte bleiben wollen. Er musste seine Gründe gehabt haben, doch sie hat ihn nie gefragt danach. Hat sich nicht interessiert für seine Gründe oder für ihn. Nur für das, was er ihr nicht war.

Was war sie ihm nicht gewesen?

Von einer Antwort auf diese Frage ist nichts zu erhoffen. Heute können sie einander nichts anderes mehr sein.

Sie wischt ihm den Honig von den Lippen, kämmt das spärliche Haar, zieht ihm den Bademantel aus, geht die Uniform holen. Sie muss seinen Körper leiten, damit seine Arme den Weg ins Hemd finden, seine Beine den Weg in die Hosen. Die Stiefel schnürt sie ihm fest um die schmal gewordenen Knöchel, knöpft die Jacke hoch bis zum Hals.

Einige Verluste

Was verloren geht, ist die Zuversicht.

Die Zuversicht, dass das Gute gut bleibt. Dass das Schlechte besser wird.

Sie ist das Erste, was verschwindet. Vor den Fähren. Vor dem Kaffee. Vor den Geräuschen. Vor den Kindern.

Die Zuversicht schwindet mit dem Wachsen der Unzufriedenheit.

Es wächst die Unzufriedenheit der Touristen mit dem Steigen der Preise und der Zahl der Touristen. Sie beschweren sich, dass man zu eng zusammen sitze, dass der Service zu langsam sei. Sie beschweren sich, wenn sie keinen Platz bekommen. Sie verlangen weitere Tische.

Es wächst die Unzufriedenheit mit den Touristen. Auf den Mauern steht »Touristen raus«, und auch wenn die Schrift abgewischt wird, taucht sie doch immer wieder erneut auf.

Wahrscheinlich sind es Jugendliche, wahrscheinlich machen sie sich einen Spaß daraus, wahrscheinlich gefällt es ihnen, dass die Eltern darüber sprechen, dass man unruhig wird.

Und doch kippt etwas. Und doch geht etwas verloren.

Das gelbe Haus

Am Abend kehrt der General nicht heim. Die Frau des Generals bleibt sitzen auf dem Stuhl vor dem Haus, horcht auf Hufschläge, die nicht kommen.

Das Pferd kehrt zurück am nächsten Tag, doch der General bleibt verschwunden.

Sie geht ihn suchen, weil es das ist, was man tut, wenn jemand verschwindet. Sie nimmt die abseitigen Wege zuerst, die von den Hufen der Pferde ausgetretenen Pfade durch den Wald, dann die zuerst verlassenen Straßen, in denen die Apartments in dichten Reihen stehen, der Blick aufs Meer versperrt durch Hotels. Es ist heiß zwischen Stein und Beton. Der Wind schafft es nicht bis hierher. Die Hitze schichtet sich auf in flimmernden Lagen. Würde man die Luft zerschneiden, man sähe Hitzestreifen wie Jahresringe in Bäumen.

Sie nimmt den abzweigenden Weg zum Wald zurück, hoch zum Sommerpalast. Nicht weit davon kommt ihr der Hausmeister entgegen, bleibt stehen, grüßt. Wundert sich, sie hier zu sehen.

Sie erzählt vom General, von seinem Verschwinden.

Er bietet seine Hilfe an, und gemeinsam laufen sie Schlaufen durch den Wald, finden Spuren der Pferde, aber keine des Generals. Als sie die Steilküste erreichen, bleiben sie stehen, schauen hinab auf das Wasser, das zwischen den Felsen schäumt. Kein Uniformblau darin.

Der Wind drängt sich ihnen entgegen, wie um sie davon abzuhalten, dem Abgrund zu nah zu kommen. Selbst die spärlichen Bäume neigen sich weg vom Meer, dem Wald zu.

Vielleicht, sagt der Hausmeister, ist er hinabgestürzt.

Vielleicht, sagt die Frau des Generals, ist es besser zu glauben, dass es so ist.

Sie suchen dennoch weiter bis zum Abend.

Der Hausmeister nimmt die Frau des Generals mit in die Bar. Sie stoßen an auf den General, stellen ein überzähliges Glas für ihn auf den Tisch.

Was wirst du tun, fragt der Hausmeister.

Die Frau des Generals antwortet mit einer unbestimmten Geste und er nickt.

Sie trinken. Und während das Glas sich leert, wird ihr bewusst, dass der General fort ist, wirklich fort. Wird ihr bewusst, was sein Verschwinden für sie bedeutet.

Gibt es noch ein Boot auf der Insel, fragt die Frau des Generals, als der Barmann kommt, um die Gläser nachzufüllen.

Nur das der Fischerin, sagt der Hausmeister.

Und meines, sagt der Barmann. Hinter der Bar hab ich es liegen. Es sollte möglich sein, es zu reparieren.

Die Bäckerin ist still geworden. Sie ist still, wenn sie morgens Tee trinken zusammen, sie ist still auch in der Bäckerei. Still nicht nur mit ihm, sondern auch mit den anderen. Er spürt eine Verschiebung, aber versteht die Richtung nicht. Er wartet.

Es vergehen einige Tage, bis sie ihn bittet, ihr die Insel zu zeigen.

Er versteht nicht.

Du kennst die Insel, sagt er.

Nein, sagt sie. Ich kenne meine Insel. Deine ist mir fremd.

Der Hausmeister geht die Kiste suchen. Die mit dem Wenigen, was er aus seinem Elternhaus mitgenommen hat, bevor man es abriss.

Es ist ein Buch mit Rezepten darin. Die Tischdecke für gute Anlässe: weiß, gestärkt, mit feinem Goldfaden bestickt. Es ist ein Album mit Fotos darin.

Gemeinsam mit der Bäckerin blättert er durch das Album.

Es sind inszenierte Bilder. Die Fotografierten hübsch angezogen und in Reihen aufgestellt. Seine Eltern machten Bilder nur zu besonderen Anlässen. Das, was man meinte erinnern zu wollen. Doch die Fotografien erzählen nichts. Erzählen nicht von der täglichen Arbeit oder den gemeinsam verbrachten Abenden. Es gibt keine Bilder von der Mutter beim Malen, keine vom Vater auf dem Boot, keine von der Schwester beim Gärtnern. Den Personen auf den Fotografien ist nichts eigen.

Die Bar

Jeden Tag geht die Frau des Generals früh hinunter zum Meer, fängt hinter der Bar zu arbeiten an.

Sie muss die morschen Planken herausreißen. Sie muss neue Planken einpassen. Sie muss Teer ausstreichen in den Lücken im Holz. Sie muss die löchrigen Segel ausbessern. Eine fiebrige Eile treibt sie an. Es ist viel zu tun, aber sie glaubt, dass es zu schaffen ist, dass es schnell zu schaffen ist.

Oft kommt der Barmann nach einigen Stunden, stellt ihr Brote hin oder Fisch, sieht zu, wie sie das Essen in sich hineinschlingt, als wäre ihr erst jetzt wieder bewusst geworden, dass Hunger gestillt werden will.

Am Abend geht die Frau des Generals nicht zurück zum gelben Haus, nicht gleich, geht ins Dunkel des Strands, setzt sich in den kühl gewordenen Sand.

Früher ist sie oft hier gewesen in der Nacht. Nach der Arbeit im Restaurant ihrer Eltern, wenn die letzten Gäste gegangen, die letzten Tische abgewischt waren, knotete sie sich das Shirt hoch bis über den Nabel, löste die zurückgebundenen Haare und tauchte wie beiläufig auf am Lagerfeuer. Oft waren die anderen schon betrunken, grölten, wenn sie sie sahen, gaben ihr Bier, Wein, Schnaps. Manchmal hatte jemand eine Gitarre dabei, manchmal liefen sie gemeinsam in Unterwäsche ins Meer. Manchmal küsste sie Mädchen oder Jungen im Dunkeln.

Wenn die anderen zurückgingen in die Hotels und Apartments, blieb sie am Strand, wartete, bis sie allein war, sammelte die zurückgebliebenen Dinge ein, die T-Shirts, Sonnenbrillen und Badeschuhe, einmal eine feine Silberkette mit Mond-Anhänger. Die Kette trägt sie noch heute unter ihren Kleidern.

Nach ihr kamen die Aufräumer, harkten die Zigarettenkippen aus dem Sand, sammelten die Flaschen ein, beseitigten alle Spuren des nächtlichen Feuers.

Die ersten Gäste am Morgen fanden unberührten Strand.

Ein Haus

Der Hausmeister steht lange vor dem Haus, bevor er das Stemmeisen ansetzt.

Im Treppenhaus ist es düster, und er braucht einen Moment, bis er die Treppe erkennen kann, die Türen rechts und links.

Er steigt die Treppen hinauf, und mit jedem Stockwerk steigt die Temperatur.

Er beginnt mit der Wohnung ganz oben, deren Tür nachgibt, als wäre sie erleichtert, sich endlich wieder zu öffnen.

Die Luft im Innern der Wohnung ist trocken, Licht bricht nur in schmalen Streifen durch die geschlossenen Fensterläden. Er tritt leise auf, vorsichtig, schließt die Tür des Schlafzimmers gleich wieder, als gäbe es dahinter jemanden zu stören. In der Küche steht das Geschirr noch zum Abtropfen auf dem Gitter.

Im Wohnzimmer öffnet er einen der Läden ein wenig, lässt bloß genug Licht herein, um die Fotoalben entdecken zu können im Regal. Er findet sie schnell, braucht dennoch lange, um sie herauszunehmen. Er streicht den Staub herunter, steckt die Alben in den mitgebrachten Beutel.

Die Lücke im Regal starrt ihn an, also dreht er sich weg von ihr, schließt den Laden, zieht die Tür hinter sich zu, als er geht. Mit jeder Wohnung, mit jedem Haus wird es leichter, und immer mehr Alben stapeln sich im Sommerpalast. Die Bäckerin findet ihn dort, Bilder um sich herum ausgebreitet.

Wonach suchst du, fragt sie.

Ich weiß nicht, sagt er. Nach uns vielleicht. Nach Bildern, die etwas über uns erzählen.

Findest du sie?

Nein, sagt er. Ich glaube nicht.

Was er ihr nicht sagt, ist, dass er eine Abwesenheit findet.

Derer, die auf den Bildern nicht vorkommen.

Derer, die dennoch alle Bilder bestimmen.

Derer, für die man die Uniformen trägt.

Derer, für die man die Pferde hält.

Derer, für die man die Gebäude in den Hintergründen baut.

Derer, von denen man sich frei nehmen muss, um Hochzeiten zu feiern oder Geburtstage.

Was er ihr nicht sagt, ist, dass er endlich begreift, dass die Insel ihm so wenig gehört, wie sie seinen Eltern gehört hat. Dass die Insel noch immer denen gehört, die nicht mehr kommen. Denen, die nicht mehr die Zimmer bewohnen, die nicht mehr am Strand liegen, die nicht mehr Fisch essen in den Restaurants.

Er sagt ihr nichts von der Aufregung, die mit dieser Erkenntnis kommt.

Er sagt ihr nicht, dass er wieder auf die Suche geht nach Ada. Als bliebe sie nur so lange verschwunden, bis er ihre Frage beantwortet hätte. Er sagt ihr nichts von der Enttäuschung darüber, dass Ada verschwunden bleibt.

Die Bar

Die Doktorin schaut dem Barmann zu durch das Fenster. Sieht, wie er Bier in ein Glas schäumen lässt. Sein Blick auf dem Glas und nur dort.

Sie hat das Gefühl, ihn zum ersten Mal zu sehen. Und zum ersten Mal fragt sie sich, was er tut, wenn die Tür zur Bar sich schließt. Wenn er sich ihrem Blick entzieht. Wer er ist, dann. Wer er war, früher.

Sie hat kein Bild von ihm außerhalb der Bar. Als hörte er zu existieren auf, wenn sie die Bar verlässt, als existierte er überhaupt nur, weil sie hier ist.

Wo wohnst du, fragt die Doktorin, als er ihr das Bier bringt.

Ich habe, sagt er, ein kleines Zimmer über der Bar. Ein Bett. Ein Tisch. Ein Bad. Ich bin nur zum Schlafen dort.

Was tust du, fragt sie, wenn du nicht hier bist?

Ich hole Lebensmittel. Hole Zutaten für das Bier, den Schnaps. Ich brenne, braue, in einer Hütte am Waldrand. Hier wäre kein Platz dafür.

Tust du es gern?

Ich weiß nicht, sagt er. Ich tue es eben.

Wie war dein Leben vorher, fragt sie. Bevor die Fähren wegblieben. War es besser, damals?

Ja, sagt er, es war besser. Aber nicht der Fähren wegen, nicht der Touristen wegen. Es war besser, bevor meine Frau starb. Es ergab Sinn, dass mit ihrem Tod auch alles andere zu Ende ging.

Es ging nicht alles zu Ende, wendet sie ein.

Nicht alles. Aber vielleicht alles Wesentliche.

Der Strand

Der Hausmeister nimmt die Bäckerin mit ans Meer. Dorthin, wo der Strand endet, wo sich zur Linken die Steilküsten auftürmen. Dorthin, wo schon früher kaum ein Tourist hinging, weil die Restaurants zu weit entfernt lagen, weil der Strand hier steinig wurde.

Sie waten hinein ins Wasser. Doch sie bleiben nicht in Ufernähe, sie baden nicht, sie schwimmen weiter hinaus und im Bogen um einen Felsen herum. Als sie den Windschutz der Steilküste verlassen, weht ihnen das Meer als feiner Nebel ins Gesicht.

Der Weg fühlt sich weiter an als früher, obwohl sich doch sonst die Distanzen verkürzen, mit zunehmendem Alter, mit zunehmender Körpergröße. Doch er ist lange nicht geschwommen und er spürt die Unsicherheit der Bäckerin, die Blicke zurückwirft zum Strand, als wollte sie sich vergewissern, dass sie es zurück schaffen werden. Die Arme werden schwer vom Anschwimmen gegen die Wellen, die Augen brennen vom Salzwasser.

Dann endlich ein Schatten, ein Dunkel im Stein. Der Hausmeister schwimmt darauf zu und die Bäckerin folgt, folgt ihm hinein in das Dunkel. Ihre Füße finden Grund.

Und hier schrumpft die Gegenwart dann doch zusammen. Die Höhle, in die sie hineinklettern, ist kaum höher als der Hausmeister, erstreckt sich nur wenige Meter in den Fels hinein.

Sie war ihm riesig vorgekommen, damals. Geheimnisvoll. Ehrfürchtig hatten sie darin gestanden, ganze Generationen von Kindern, die von ihren Freunden, ihren älteren Geschwistern hierher mitgenommen wurden.

Er macht die letzten Schritte zur Wand, und da sind sie

noch, die Zeichen, blass auf dem Fels. Sie hatten sie mit Steinen hineingekratzt, als Botschaft, als Spur. Für Forscher, die kämen in einigen Jahrzehnten oder Jahrhunderten.

Es waren die Umrisse ihrer Hände. Es waren Fähren und Sonnenschirme und Koffer. Es waren Kutschen und Katzen und Hoteltürme. Und es waren Unwirklichkeiten. Eine vor eine Kutsche gespannte Giraffe. Ein Vogel mit Hundekopf. Ein Palast mit vielen Türmchen. Bilder, um die Forscher zu verwirren, um sie rätseln zu lassen.

Der Hausmeister erinnert sich an manche der Bilder, an andere nicht.

Als die Bäckerin neben ihn tritt, hat sie einen Stein in der Hand, legt ihn in seine. Auf einem freien Stück Fels fährt er die Umrisse ihrer Hände nach. Dicht nebeneinander, aber sich nicht berührend, nicht ganz. Sie sehen groß aus zwischen all den Kinderhänden. Auch das ein Rätsel für die Forscher, die kommen würden.

Es ist kühl in der Höhle, also bleiben sie nicht, setzen sich nicht auf die Felsen, wie er es früher getan hatte mit den anderen, rufen nicht dem Echo zu. Sie steigen ins Wasser, schwimmen ans Ufer zurück.

Statt des Generals lebt eine Abwesenheit im Haus. Beinahe ist es, als sähe die Frau des Generals ihn nun deutlicher. Als invertierte Form. Als herausgeschnittenes Stück Welt.

Sein Pferd steht noch immer jeden Morgen da in Erwartung seines Reiters, und sie füttert ihm Äpfel zum Trost.

Manchmal hat sie Angst, er könnte so plötzlich wieder auftauchen, wie er verschwunden ist. An diesen Tagen geht sie zur Bar mit starrem Blick, um nichts zu sehen, nichts sehen zu können. An diesen Tagen arbeitet sie schneller, härter. An diesen Tagen bleibt sie abends länger sitzen am Strand.

Der Bolzplatz

Der Hausmeister nimmt die Bäckerin mit zum Bolzplatz. Eines der Tore steht in sich zusammengesunken da, das Metall durchgerostet. Kein Schatten, nirgends.

Die Touristen, sagt der Hausmeister, hatten die Pools in Wettkampfgröße. Hatten klimatisierte Fitnessräume und Squash-Plätze in den Hotelkellern. Hatten die Surfschule, die Tauchschule. Hatten eine Tennishalle. Hatten Yogakurse morgens am Strand. Wir hatten den Bolzplatz.

Wie habt ihr hier spielen können in der Hitze?

Meist haben wir abends gespielt, nachts. Die zwei Laternen an der Straße gaben nicht viel Licht, aber genug, um den Ball zu sehen. Gerade genug.

Im Winter spielten wir auch tagsüber, bis die Luft dampfte von unseren Körpern. Vielleicht haben wir als Kinder deshalb die Winter gemocht. Bis wir älter wurden. Bis auch wir auf die Sommer warteten. Auf die Gäste, ihre Kinder, ihr Geld.

Die Bar

Die Frau des Generals rutscht mit dem Beitel ab. Das Metall fährt ihr mühelos in die Hand. Es überrascht sie die Grellheit des Bluts und die Abwesenheit von Schmerz. Den Beitel lässt sie fallen und trägt die blutende Hand vor sich her zur Bar.

Erst beim Blick des Barmanns wird ihr übel und sie ist dankbar über den ihr zugeschobenen Stuhl.

Der Barmann drückt ihr einen sauberen Lappen auf die Hand, gibt ihr Schnaps zu trinken. Das Brennen in der Kehle lenkt ab vom Pochen der Hand.

Irgendwer muss gegangen sein, um die Krankenschwester zu holen, denn sie kommt mit der Tasche aus Leder, holt Alkohol heraus zum Desinfizieren der Wunde, Nadel und Faden, einen Verband.

Die Frau des Generals ist erleichtert zu sehen, wie die Wunde sich mit jedem Stich weiter schließt. Als läge mehr offen als bloß ein Stück ihrer Haut. Als wäre eine Vollständigkeit wiederherzustellen.

Gegen den Schmerz der Stiche ist sie seltsam taub, doch bei jedem Knoten wird ihr übel, bei diesem Anheben der Haut.

Als die Krankenschwester fertig ist, endlich, bekommt die Frau des Generals einen weiteren Schnaps und der Barmann wischt das Blut vom Tisch.

Unsere Räume, erzählt der Hausmeister, waren die Hinterzimmer.

Er zeigt der Bäckerin die Kammer hinter dem Tanzsaal. Es stehen noch immer Möbel darin. Die, die nicht mehr gut genug waren für die Zimmer der Gäste. Abgewetzte Sessel, angeschlagene Tischchen.

Nach unserer Schicht, in unseren Pausen, saßen wir hier, tranken Kaffee, abends Wein. Der Hotelleitung war das recht, wir sollten außer Sicht der Gäste sein, wenn wir nichts taten. Doch durch das kleine runde Fenster in der Tür konnte man in den Saal hineinschauen, und oft stand ich hier abends, sah den Gästen beim Tanzen zu und der Frau des Generals am Klavier.

Du hast sie geliebt, sagt die Bäckerin.

Nein, sagt er. Ich liebte sie nicht, nicht wirklich.

Wie war es denn? Wie war es wirklich?

Ich habe sie als Kind gekannt, wie man jüngere Kinder kennt. Als Anwesenheit, die nicht weiter zu beachten war. Erst später, als sie im Sommerpalast zu spielen anfing, da sah ich sie. Da dachte ich, sie zu sehen. Doch da gab es den General bereits und mir blieb nur, ihr Wein zu bringen am Ende des Abends, mit ihr noch zusammenzusitzen, eine Weile.

Heute glaube ich, dass ich sie auch damals nicht sah, nicht wirklich. Sie war mir eine Sehnsucht, eine Unerfüllbarkeit. Ich glaubte, sie zu lieben, weil keine Gefahr der Erfüllung bestand. Weil sie mir eine Fantasie bleiben konnte.

Das gelbe Haus

Die Frau des Generals hat nicht gewusst, dass es für so vieles beide Hände braucht.

Sie kämpft lange mit den Knöpfen einer Bluse, zieht dann ein Hemd des Generals über, in das sie hineinkommt, ohne die Knöpfe zu öffnen, ohne sie wieder zu schließen. Sie reißt Stücke aus dem Brot, um es nicht schneiden zu müssen. Sie füllt einige Eimer voll Wasser, lässt sie am Brunnen stehen. Bald werden die Pferde ganz ohne sie auskommen müssen.

Die Frau des Generals bleibt nicht am gelben Haus. Sie hält es nicht aus, will dort sein, wo ihr Boot ist. Auf dem Weg durch den Obstgarten kann sie die Fäulnis riechen, die aus den abgeworfenen Früchten aufsteigt. Sie geht schneller, atmet flach.

An diesem Tag, diesem ersten nach dem Abrutschen des Beitels, versucht sie, mit nur einer Hand zu arbeiten. Aber sie braucht die zweite zum Festhalten, zum Abstützen, und bald sickert Blut in den Verband. Also gibt sie auf, vorerst. Also setzt sie sich vor die Bar.

Sie sieht in der Ferne, wie die Fischerin den Fang einholt und zum Hafen zurückkehrt. Sie sieht, wie die Fischerin das Boot festmacht und einen Teil des Fangs zur Bar hinüberträgt. Die Frau des Generals stellt sich vor, ihr entgegenzugehen, an ihr vorbei, auf das Boot. Aus dem Hafen auszulaufen, gleich jetzt.

Doch sie hat kein Gepäck dabei, und die Leute hier brauchen den Fisch, brauchen das Boot.

Die Fischerin kommt näher heran, nickt flüchtig zur Begrüßung, geht hinein in die Bar. Der Geruch von Salz und Fisch und Schweiß hängt wie eine Spur in der Luft.

Mit einem großen Bier kommt die Fischerin wieder heraus, setzt sich an einen der weiter entfernten Tische. Sie trinkt das

Bier in durstigen Schlucken, und schon kommt der Barmann mit dem zweiten Glas. Das zweite leert sich langsamer, aber leert sich doch und die Fischerin geht zurück auf ihr Boot, um den Fang auszunehmen.

Die Frau des Generals stellt sich vor, dass sich das Wasser um das Boot herum rot färbt. Doch tatsächlich zeigt der Tod sich bloß im gelegentlichen Aufblitzen eines Messers, im Kreisen der Möwen um das Boot.

Die Frau des Generals bleibt sitzen vor der Bar, lässt sich vom Barmann mehrmals den Schatten verschieben, trinkt Tee bis zum Nachmittag, dann Wein. Früher, ganz früher, war sie es gewesen, die die Schirme verrückte, während der langen Sommerferien, im Restaurant ihrer Eltern. Zum ersten Mal sitzt sie als Gast an einem solchen Tisch. Zum ersten Mal seit Jahren tut sie nichts, kann sie nichts tun.

Das Restaurant der Eltern liegt nur zwei Häuser weiter, der Blick aufs Meer ist beinahe derselbe. Dazwischen liegt das Restaurant der Chaoten. Keiner hatte so recht gewusst, wie sie das Geschäft am Laufen hielten. Ständig gingen ihnen die Zutaten aus und sie schickten ihre Kinder zu den Nachbarn, um Milch zu holen, Mehl, manchmal Fisch. Jedes Mal dachte man, sie könnten im nächsten Jahr nicht wieder öffnen, sicher nicht. Doch das nächste Jahr kam, sie öffneten und Jahr für Jahr hatten sie mehr Stammkunden. Und irgendwann schickten sie ihre Enkel Zutaten bei den Nachbarn holen.

Man gewöhnte sich daran. Vielleicht hatte man es sogar ganz gern. Ein bisschen Solidarität. Und an schlechten Tagen jemand, den man wegscheuchen, zu dem man grob sein konnte.

Der Sommerpalast

Der Hausmeister hatte sie vergessen, diese aneinandergedrängten Nächte, diese frühen Morgen. Er kannte dieses Berühren im Halbschlaf nicht mehr, das viel zu späte Erwachen in der Hitze des Vormittags.

Er hatte es vergessen oder vielleicht kannte er es nie.

Es ist nicht die aufgeregte Verliebtheit früherer Jahre. Es liegt eine Selbstverständlichkeit darin, wie sie ihre Leben ineinanderfügen, wie er sich vor die Bäckerei setzt am Nachmittag. Wie sie eine Tasche voll Kleider mitbringt in den Sommerpalast, gemeinsam mit ihm eines der größeren Zimmer auswählt, eines mit geräumigem Bett, einem mit Schnitzereien verzierten Kleiderschrank und Flügeltüren hinaus auf die Terrasse. Wie sie morgens oft vor ihm aufsteht und er sie im Pool auf und ab schwimmen sieht, vom Fenster aus. Wie er ihr Tee bringt, den sie in ihr Handtuch gewickelt trinkt, die Füße auf seinem Schoß, und aus ihrem Haar tropft das Wasser auf den Steinboden.

Die Bar

Je mehr die Doktorin schreibt, desto mehr erinnert sie, desto mehr schreibt sie.

Sie weiß nicht, welche Erinnerungen wirklich sind. Es spielt keine Rolle. Sie sammelt, montiert, schreibt eine Welt, wie sie hätte sein können.

Warum schreibst du, fragt der Barmann eines Abends.

Um zu verstehen, vielleicht.

Was zu verstehen?

Mich. Mein Leben. Meine Anwesenheit hier.

Funktioniert es?

Manchmal. Es gibt Augenblicke einer Klarheit, einer Vollständigkeit. Und wenn es bloß die Vollständigkeit eines Satzes ist.

Er nickt. Bringt Bier. Lässt sie schreiben.

Liest du mir etwas vor, fragt der Barmann an einem anderen Abend.

Sie zögert. Will ablehnen. Tut es nicht. Liest doch.

Sie liest nur einen kurzen Text an diesem ersten Abend. Doch sie findet Gefallen daran. Findet Gefallen am Klang ihrer Stimme und dem Rhythmus der Texte. Findet Gefallen an der Aufmerksamkeit des Barmanns.

Auch die anderen sitzen still über ihren Gläsern. Und manchmal, wenn es längst dunkel geworden ist und die Gesichter verschwimmen, fangen auch sie zu reden an.

Es gab, erzählt der Müller, eine Regel auf der Insel. Die Gartentore mussten stets offen bleiben. Geschlossene Gartentore sperrten die Freunde aus.

Als die Leute die Tore schlossen, sagt der Müller, da fing es an.

Was fing an, fragt die Doktorin.

Das Verlassen. Das Verschwinden der Gäste.

Man schloss die Gartentore, sagt der Barmann, weil die Besoffenen sich zum Pinkeln hinter die Hecken stellten.

Der Müller nickt. Trotzdem, sagt er. Man hätte die Tore nicht schließen dürfen.

Die Doktorin notiert.

Warum, fragt der Barmann später, schreibst du die Geschichten auf?

Weil sie zu leicht verloren gehen.

Was macht es, wenn sie verloren gehen?

Wir sind, sagt sie, die Geschichten, die wir erzählen. Was haben wir mehr als das?

Einige Verluste

Was verschwindet, ist das Plastik.
Das, in das die Körper sich zum Schwimmen kleiden.
Das, mit dem die Kinder im Sand spielen.
Das, in dem die Melonenstücke verkauft werden.
Das, aus dem man Eiskugeln löffelt.
Das, aus dem man am Strand Cocktails trinkt.
Das, auf dem man im Meer treibt.
Das, was man im Sand zurücklässt.

Das Seefahrtsmuseum

Der Hausmeister ist lange nicht im Seefahrtsmuseum gewesen, die Bäckerin nie. Gemeinsam gehen sie hin, öffnen das altmodische Schloss mit einer Haarnadel, sind überrascht, dass es tatsächlich funktioniert, dass sie das Stemmeisen nicht brauchen.

Drinnen riecht es modrig. Wie ein lange vergangener Tod.

In der Eingangshalle schwebt weit über ihnen das Skelett eines Wals. Der Hausmeister weiß, dass es an Fäden von der Decke hängt, doch im Dämmer des Raums kann man sich fast auf dem Grund des Meeres glauben. Er stolpert, fängt sich. Auf dem Boden Bruchstücke einer abgestürzten Rippe.

Vorsichtig steigen sie über die Knochen, betreten den Raum im untersten Stockwerk.

Im Zentrum des Raumes steht ein Schiff, dessen Masten und Segel durch die drei Etagen hindurchragen, fast bis zur verglasten Decke. Um das Schiff herum versammeln sich die Meeresbewohner. Die Delfine. Die Robben. Die Schildkröten. Die ausgestopften Fische, die vor blau bemalter Wand auf ewig vor einem Hai davonschwärmen. Die Narwale, die dem Hausmeister immer vorgekommen waren wie mystische Kreaturen, ins Meer geflüchtete Einhörner. Ein ausgestopfter Kugelfisch, der den Mund geöffnet hat wie im Unglauben darüber, dass er wirklich hier ist, dass er noch immer hier ist. Die falsche schwarze Augenkugel sieht trübe aus, erblindet. Die Haut ist grau von Staub.

Sie schauen sich die Tiere an, versuchen, die verblichenen Zettel zu entziffern, auf denen ihre Namen stehen, Informationen zu Lebensraum, Ernährung, Gefährdung.

Eine Weile stehen sie vor den Aquarien an der Rückwand des Raums, lange schon ausgetrocknet, der Boden bedeckt mit winzigen Knochen. Dann steigen sie nach oben in die zweite Etage, die der Freibeuter und Entdecker.

Hier war der Hausmeister als Kind gern gewesen, hatte vom Leben auf See geträumt, von einem gebogenen Säbel, mit dem sich Schiffe kapern ließen. Heute wundert er sich bloß, was er fand an den hölzernen Schiffsmodellen, den Uniformen und Säbeln, den Flaggen, den Schleppnetzen, Harpunen und Bambusangeln, dem Essgeschirr aus Emaille, der Nachbildung einer Schlafkoje. Sie bleiben nicht lange, steigen hoch in die dritte Etage, die letzte. Dem Himmel am nächsten liegen hier die Kostbarkeiten aus Gold, Silber, Perlmutt, Koralle.

Der Hausmeister wundert sich über die Kunstfertigkeit, die aufgewendet wurde, um diese Monstrositäten zu erschaffen. Ein hündisches, befiedertes Wesen, dessen hinterer Körperteil ersetzt wurde durch eine rote, verzweigte Koralle. Eine perverse Prothese.

Rote Korallen wachsen auch aus dem Kopf und aus den handlosen Armen einer gold-silbernen Frau, wachsen wie ein Geweih aus dem Kopf eines Hirsch-Mannes, der zwei goldene Hunde an der Leine führt. Haifischzähne hängen wie Christbaumschmuck in Korallenbäumen.

Was sich sonst noch in den Vitrinen findet:

Ein Trinkbecher aus perlmutternen Muschelhälften, der Rand mit einem angelaufenen Silberband umschlossen, gehalten von einer gebückten Gestalt.

Broschen in Schiffsform.

Ohrringe aus Koralle.

Ketten und Armbänder mit filigranen Nachbildungen von Meerestieren.

Haarspangen aus Perlmutt.

Der Hausmeister bleibt stehen vor eine Vitrine, in der eine kleine Haarspange liegt, ein goldener Vogel im Flug.

Die Bäckerin tritt neben ihn.

Was ist mit der Spange, fragt sie. Ihre Stimme klingt fremd in dem großen Raum.

Ada hat sie getragen, sagt er.

Genau diese?

Ich weiß nicht. Vielleicht diese. Vielleicht eine Nachbildung. Vielleicht gab es sie zu kaufen im Museumsshop, damals. Oder vielleicht trug sie wirklich diese, meine Erinnerung daran.

Die Bäckerin nimmt seine Hand und sie stehen noch eine Weile und schauen auf den kleinen goldenen Vogel, bevor sie die Treppen wieder hinuntersteigen.

Bevor sie das Museum verlassen, bleiben sie stehen vor der riesigen Weltkarte, die im Eingang hängt. Die Insel findet sich nicht darauf. Als wäre sie schon vorsorglich von der Karte getilgt. Auf dem Boden vor der Karte findet der Hausmeister einen kleinen roten Punkt, der vielleicht einmal dort klebte, wo die Insel sich befindet. Er hat sich gelöst, markiert bloß noch die Abwesenheit einer Markierung.

Die Bar

Die Doktorin kommt in die Bar am Abend, setzt sich an ihren Tisch wie immer.

Am Nebentisch schreckt die Frau des Generals hoch wie aus tiefem Schlaf. Sie hebt das Glas in Richtung der Doktorin, sie prosten einander zu. Dann trinken sie beide.

Fehlt es dir manchmal, drüben, fragt die Frau des Generals, als setzte sie ein angefangenes Gespräch fort.

Die Doktorin antwortet nicht gleich. Sie trinkt. Denkt nach.

Lange, sagt sie endlich, hätte ich bloß Nein gesagt. Aber was ich eigentlich meine, ist: Ich vermisse mein Leben dort nicht. Ich vermisse nicht, wie schnell ein Jahr vorbei war, ein Jahrzehnt. Ich vermisse meine Arbeit nicht. Ich vermisse die Erwartungen nicht, die andere an mich stellten. Ich vermisse das frühe Aufstehen nicht und die mit Hausarbeit gefüllten Wochenenden. Ich vermisse mich nicht, wie ich dort war. Was ich manchmal vermisse, sind die Nächte in der Stadt. Ich vermisse, ins Theater zu gehen oder ins Kino. Ich vermisse einige wenige Menschen. Aber ich habe es so gewollt. *Man findet die Einsamkeit nicht, man stellt sie her. Ich habe sie hergestellt.*

Denkst du manchmal darüber nach, zurückzugehen?

Nein, sagt die Doktorin. Ich würde drüben doch nur die Insel vermissen. Ein Vermissen ist immer. Es geht nur darum, zu entscheiden, welches Vermissen erträglicher ist.

Die Frau des Generals nimmt einen Schluck, dreht das Glas in den Händen.

Glaubst du, fragt sie, man kann etwas vermissen, was man gar nicht kennt?

Sicher, sagt die Doktorin. Man kann aber auch das Nicht-

Kennen vermissen. Das Ideal besteht nur in der Vorstellung, kann nur dort existieren. Manchmal ist es besser, man lernt die Realität nicht kennen.

Der Hausmeister bricht in weitere Häuser ein, in Hotels, in Geschäfte. Doch er nimmt keine Fotoalben mit, diesmal nicht. Er nimmt andere Dinge mit. Gemälde. Souvenirs. Kleidung. Keramik. Seifenstücke und Aschenbecher mit den Logos der Hotels. Er sammelt. Er häuft an.

Der Hausmeister merkt, dass sich etwas aufstaut in der Bäckerin, dass sie irritiert ist von der Masse der Dinge. Dass sie nicht versteht, warum der Hausmeister sie heranschafft. Und er weiß es selbst kaum. Weiß nur, dass etwas in ihm hindrängt zu den Dingen, dass er, einmal angefangen, nicht mehr aufhören kann. Weiß, dass es wichtig ist, aus irgendeinem Grund. Den Grund kennt er nicht.

Doch je mehr Dinge er findet, desto größer wird das Gefühl einer Unvollständigkeit, desto wichtiger wird es, mehr zu holen. Es breitet sich aus. Die Dinge im Haus, die Notwendigkeit des Sammelns in ihm.

Warum, fragt die Bäckerin endlich, fragt es spät, im Bett, im Halbschlaf.

Es soll nicht alles bloß immer verloren gehen, sagt er. Oder sagt es aus ihm.

Der Satz weckt ihn auf. Er wusste es nicht, wusste es bisher nicht oder wusste es nicht in Worte zu fassen.

Neben ihm seufzt die Bäckerin, brummt zustimmend, schläft ein.

Die Bar

Die Hand verheilt und die Frau des Generals setzt ihre Arbeit am Boot fort. Langsamer jetzt, vorsichtiger.

Am Abend klebt ihr das Hemd am Rücken, Salz liegt ihr wie ein Film auf der Haut. Sie räumt die Werkzeuge ins Boot, setzt sich unter einen der Schirme vor der Bar, doch der Schatten kühlt nicht, die Luft ist dick vor Hitze.

Also geht sie hinunter zum Meer, streift das feuchte Hemd ab, die teerbeschmierte Hose. Sie watet hinein ins Wasser, bis es ihr an den Bauch reicht. Sie stockt, bleibt auf den Zehenspitzen stehen, atmet keuchend, kann nicht weiter. Dann zwingt sie sich zum Fallen, zum Eintauchen. Ein kurzer Schock, dann Erleichterung. Sie macht einige Schwimmzüge, ihr Atem wird ruhiger. Sie dreht sich auf den Rücken, lässt sich treiben.

Mit dem Schließen der Augen kommt die vertraute Ausdehnung des Körpers. Die Geräusche aus ihrem Innern verstärken sich und ihre Außengrenzen verschwimmen.

In ihren Ohren knistert das Wasser und sie weiß wieder, warum sie angefangen hatte, sich in die Badewanne zu legen. Weil es war, wie im Meer zu sein. Nur ohne das Geschrei der Kinder. Ohne die Leute, die stundenlang im flachen Wasser standen und sich gegenseitig sagten, wie schön sie es hätten. Noch mit den Ohren im Wasser hatte sie es gehört, hatte es jedenfalls zu hören geglaubt.

Nur nachts war es manchmal still gewesen wie jetzt. Oder spät im Herbst, wenn nur noch die Alten kamen und am Ufer saßen, sich das Wasser über die erhitzte Haut schöpften.

Irgendwann hatte sie mit dem Schwimmen aufgehört. Vergaß den kurzen Schock, wenn das Wasser auf überhitzte Haut trifft. Die Gleichzeitigkeit von der Sehnsucht nach der Kälte und dem Zurückschaudern vor ihr. Und nach dem Schwimmen die Taubheit der Haut. Die willkommene Hitze des Sands.

Sie erinnert sich. Jetzt erinnert sie sich.

Sie hebt den Kopf, sieht die Insel vom Wasser her, sieht die dicht an dicht um die Küste gedrängten Häuser, sieht die Hotels, die lange Schatten über den Strand werfen, sieht dieses zugebaute, verbaute Stück Land. Wäre sie eine Touristin, sie würde auch nicht mehr kommen.

An jedem Morgen geht sie jetzt schwimmen im Meer, geht noch einmal abends nach getaner Arbeit. Immer fühlt es sich an wie das erste und das letzte Mal.

Der Sommerpalast

Es klopft an der Tür des Sommerpalasts am Abend. Es klopft laut, fordernd.

Die Haushälterin steht dicht hinter der Tür.

Die Besseren schicken mich, sagt sie. Sie haben gehört, dass du in Häuser einbrichst, in Geschäfte. Sie haben gehört, dass du Dinge mitnimmst.

Und wenn es so wäre, sagt der Hausmeister, wen kümmert es?

Uns, sagt sie. Es sind die Läden, die Hotels der Besseren, in die du einbrichst. Es ist ihr Eigentum, das du mitnimmst.

Es ist das Eigentum der Pächter, korrigiert der Hausmeister. Es ist das Eigentum derer, die gegangen sind. Sie haben es zurückgelassen. Es kümmert sie nicht.

Die Häuser gehören den Besseren, beharrt die Haushälterin.

Was bedeutet das noch, sagt der Hausmeister und schließt die Tür.

Die nächsten Tage wartet er darauf, dass etwas geschieht. Doch niemand kommt. Niemand spricht für die Besseren. Sie haben nichts mehr anzubieten, nichts zu verweigern, niemanden mehr, der für sie straft.

Einige Übriggebliebene

Die Besseren sind die, die das Glück hatten, Großeltern zu haben mit Grundbesitz am Strand. Mit Geld, um erst ein Hotel darauf zu bauen und später noch eins. Die mit dem Geld aus diesen Hotels Restaurants eröffneten und Bars. Die mit dem Geld daraus Buden aufstellten für Souvenir- und Eisverkäufer.

Die Besseren haben sich ein großes Haus gebaut an der Steilküste. Dort, wo der Blick aufs Meer frei ist und wohin sich selten ein Tourist verirrt.

Die Besseren sind nicht fortgegangen. Ein Imperium verlässt man nicht.

Die Haushälterin ist die Einzige, die bei ihnen geblieben ist. Sie hält das Haus rein und die Besseren satt.

Der Garten hat das Haus eingeschlossen in Bougainvilleen und die Wege verschluckt. Die Besseren sitzen auf dem Balkon hoch über dem Garten, schauen aufs Meer, das allein so aussieht wie früher.

Ich komme morgen die Äpfel holen, sagt der Barmann, wenn ich darf.

Sicher, sagt die Frau des Generals. Und am nächsten Tag bleibt sie beim gelben Haus, wartet auf den Barmann, der kommt mit seinem Karren, hilft ihm bei der Ernte wie in jedem Jahr.

Die Bäume tragen gut, sagt der Barmann. Dann arbeiten sie stumm.

Als sie müde werden, geht die Frau des Generals Kaffee holen und sie sitzen eine Weile im Schatten der Bäume.

Wirst du etwas vermissen, fragt der Barmann, wenn du gehst?

Wahrscheinlich, sagt die Frau des Generals. Den Garten, die Pferde, die Ruhe vielleicht.

Was, wenn du es hasst, drüben.

Zumindest weiß ich dann, dass ich es hasse.

Sie leeren die Tassen, sie setzen die Arbeit fort, bis die Bäume abgeerntet sind.

Zwei Kisten voll lässt der Barmann stehen.

Nimm alle mit, sagt die Frau des Generals. Ich werde sie nicht brauchen, nicht mehr.

Es ist besser, sagt der Barmann, ich lasse sie hier. Nur zur Sicherheit. Nur für den Fall.

Er geht und die Frau des Generals steht lange unschlüssig vor den Kisten. Dann trägt sie sie doch in den Keller.

Der Hausmeister beginnt in einem der kleinen Zimmer, einem der billigen, der verhältnismäßig billigen.

Er nimmt die Bilder von den Wänden, die Drucke von Blumen und Meer. Die Matratze trägt er in den Keller, die Kissen und Decken, die Nachttische und Stühle.

Er schraubt das massive Bett auseinander, nimmt die Türen aus dem Schrank, zersägt Bett und Türen zu Regalbrettern.

In diesem ersten Raum trägt er die Pfauen zusammen. Die aus den Souvenirläden aus Holz und Metall, unterschiedlich groß und bemalt in grellen Farben. Die Tücher mit Pfauenaugen, die Gemälde aus der Bibliothek und den ausgestopften Pfau aus der Schule. Er nimmt die Platte eines kleinen Tisches ab, setzt den Pfau auf den geschnitzten Fuß wie auf einen Sockel.

Die Wände des Zimmers bemalt er dicht mit Federn in Grün und Blau.

Du malst gut, sagt die Bäckerin, als sie es sieht. Du hast nicht erzählt, dass du malst.

Ich wusste es selbst nicht mehr.

Hat es dir gefehlt?

Nein, sagt er. Erst jetzt. Wie ein nachträglich empfundener Schmerz.

Der Hausmeister sammelt Material für weitere Räume. Ölgemälde und Schnitzereien, golddurchwirkte Stoffe und Strandspielzeug. Er poliert kleine Figuren aus Messing. Er klebt zerbrochene Vasen. Er stopft die Schwimmtiere aus wie echte. Er baut sich ein Museum aus Gold und Plastik.

Der Sommerpalast

Je mehr die Doktorin schreibt, desto mehr erwacht auch ihr Hunger nach Büchern. Nach Büchern, die mit ihr zu tun haben, mit dem, was sie schreibt.

Zum ersten Mal legt sie eine Liste mit Titeln an, nach denen zu suchen ist. Zum ersten Mal geht sie zum Sommerpalast früher am Tag, um Zeit zu haben für die Suche. Der Hausmeister blickt verwirrt beim Öffnen der Tür, doch wie immer bittet er sie herein.

Beim Durchschreiten der Tür ist es an der Doktorin, verwirrt zu sein. Im Foyer lehnen Gemälde an den Wänden, stapeln sich Kisten, aus denen Dinge quellen in irritierender Beliebigkeit. Ausgestopfte Tiere. Bademäntel. Fotoalben. Billige Souvenirs. Eine in Teile zerlegte Kutsche mit ledernem Geschirr.

Was ist das, fragt die Doktorin. Fragt gleichzeitig sich, ob das die richtige, die angemessene Frage ist.

Ein Museum, sagt er. Verschluckt das Wort beinahe. Als schämte er sich dafür.

Die Doktorin versteht nicht, noch immer nicht.

Der Hausmeister nimmt sie mit in den ersten Stock, bleibt vor einer Tür stehen, durch die er sie schickt. Und die Doktorin betritt einen Raum, der tapeziert ist mit Postkarten. Dicht an dicht hängen sie an den Wänden, die sich vielfach wiederholenden Motive:

Die Insel vom Meer aus gesehen, von dort, wo die Klippen hoch aufragen und die Hoteltürme nicht zu sehen sind.

Sonnenuntergang über dem Meer.

Eine bunt bemalte Kutsche.

Ein Pfau mit geöffnetem Fächer.

Eine in der Sonne dösende getigerte Katze.

Die Mühle mit ihren weißen Segeln.

Ein Esel zwischen Olivenbäumen.

Ein dicker Mann in Badehose mit einem vermeintlich lustigen Spruch.

Sonnenschirme am Strand.

Die Doktorin tritt näher heran, sieht die Unterschiede im Gleichen. Sie sieht eine leichte Verschiebung der Perspektive, sieht die Variation in der Qualität der Karten. Einige gedruckt auf dickem, mattem Papier, andere dünn, glänzend. Die Bilder leicht unscharf, die einzelnen Druckpunkte sichtbar. Sie sieht auch die Spuren der Sonne, sieht, dass manche Karten ganz, andere teilweise von ihr gebleicht wurden, dass die Gitter der Postkartenkarussells Stellen hinterlassen haben, die bunter sind, greller.

Der Raum ist leer, bis auf die Bilder an den Wänden, bis auf mehrere Postkartenkarussells in der Mitte des Raums. Darin wiederum die gleichen Motive, wie in einem Spiegelkabinett.

Die Doktorin dreht sich herum zum Hausmeister.

Ein Museum, sagt sie.

Er nickt.

Er zeigt ihr die weiteren Räume. Den mit den Pfauen. Den mit den Gemälden von Inselmotiven. Den, in dem die Familienalben gestapelt liegen, noch unsortiert.

Ich weiß nicht, sagt der Hausmeister, warum ich das tue.

Er sagt es wie zur Entschuldigung.

Es sieht aus, sagt sie, wie der Versuch einer Ordnung. Der Versuch eines Überblicks.

Ja, sagt er. Aber es fehlt so vieles. Ich lasse so vieles aus.

Es kann, sagt sie, nie um Vollständigkeit gehen. Es geht um das Auswählen, das Zusammenstellen. Ein Museum von allem wäre wieder bloß die Welt.

Der Sommerpalast

Beim Sichten der Fotoalben findet der Hausmeister ein Bild. Das Papier vergilbt, die Ecken geknickt. Im Vordergrund der Fotografie ein Paar in Hochzeitskleidung, die Gesichter dem Anlass entsprechend ernst. Im Hintergrund der Kirchturm, auf dem Boden Reis und Blüten.

Der Blick des Hausmeisters aber geht zu der Statue neben dem Paar, in der Mitte des Marktplatzes. Dort, wo der große Pfau stehen sollte, steht eine Frau in Flammen.

Der Stein sieht alt aus. Damals schon alt. Der Hausmeister weiß nicht, ob die Zeit die Gesichtszüge der Statue ausgewaschen hat oder ob es die unscharfe Fotografie ist, in der die Schatten zu einer leeren Fläche zerschmelzen. Auf der Krone des Haares liegt Sonne, zeichnet die Locken scharf, die das leere Gesicht umspielen.

Ihr Arm ist erhoben. Zur Warnung? Zum Angriff? Der Hausmeister ist sich sicher, dass es nicht Qual ist, kein Ruf nach Hilfe. Obwohl da Feuer ist um ihren Rock, obwohl die Flammen ihr bis zur Hüfte hinaufschlagen.

Der Hausmeister würde gern ihr Gesicht sehen. Als verriete ihm das etwas. Als beantwortete es eine wichtige Frage. Fieberhaft durchsucht er die Alben, aber er findet die Statue nicht. Oder er findet sie bloß als unscharfen Fleck im Hintergrund.

Ihr Nachfolger, der Pfau, stolziert durch viele Bilder. Mit ihm fotografierte man sich gern, mit ihm wollte man sich zeigen. Der Hausmeister weiß, dass der Pfau auch in den Alben der Touristen klebt. Den ganzen Sommer hindurch hatte immer jemand neben ihm gestanden oder man hatte Kinder zum Fotografieren auf seinen Rücken gesetzt.

Die Flammenfrau aber ist verschwunden, vergessen.

Die Post

Der Hausmeister bemalt die Fassade der alten Post. Der abblätternde Schriftzug verschwindet unter Haut, unter Haar, unter Flammen.

Ihm gegenüber, auf der anderen Seite des Markts, sitzen der Müller, die Haushälterin, der Hafenwärter vor der Bäckerei. Sie beobachten das Bild, das entsteht, beobachten den Hausmeister bei der Arbeit.

Die Haushälterin kommt näher heran. Wieso, fragt sie, übermalst du das Postschild.

Der Hausmeister legt den Pinsel weg, wischt die Hände an der Hose sauber, dreht sich erst dann herum zu ihr.

Wieso sollte ich nicht, fragt er.

Die Post wird wieder öffnen, sagt sie, wird wieder öffnen, wenn die Fähren kommen. Und dann weiß niemand wohin mit den Karten und Briefen.

Die Fähren, sagt der Hausmeister, werden nicht kommen. Niemand wird Karten schicken.

Er malt weiter, und die Haushälterin geht zurück zur Bäckerei, wo sie sitzt mit den anderen, wo sie miteinander tuscheln.

Am Abend sieht sich der steinerne Pfau seiner Vorgängerin gegenüber, der Frau in Flammen.

Ihrem Gesicht hat der Hausmeister einen triumphierenden Ausdruck gegeben. Hatte sie ihn vorher nicht, hat sie ihn zumindest jetzt, bei ihrer Rückkehr zum Markt.

Die Bar

Die Doktorin hört am Abend vom Bemalen der Fassade.

Was hat er gemalt, fragt sie.

Eine brennende Frau, sagt die Krankenschwester.

Als ich Kind war, sagt die Fischerin wie zu sich selbst, zündete meine Mutter abends oft eine Kerze an und hielt mir die Flamme nah vors Gesicht. Das Feuer auf dieser Insel, sagte sie, ist ein besonderes.

Die Fischerin erzählt und die Doktorin schreibt.

Eines Tages kamen Fremde über das Meer. Das Inselvolk hieß sie willkommen, brachte Wasser, Brot, Früchte. Die Seeleute hatten den Kurs verloren, waren dankbar für die Gastfreundschaft, blieben, um sich zu erholen von den langen Wochen auf See.

Doch mit den Kräften erwachte auch die Gier. Sie wollten mehr als bloß Nahrung, wollten die fein gewebten Stoffe, die kunstvoll geschnitzten Häuser. Sie waren müde vom Leben auf See. In der Nacht also trieben sie die Inselbewohner aus ihren Betten und hinunter zum Strand. Eine junge Frau aber weigerte sich, ihr Haus zu verlassen. Und die Seeleute steckten das Dach über ihr in Brand.

Sie lachten, als das Feuer die Frau einschloss, als ihre Röcke Feuer fingen. Doch die Frau stand ruhig in den Flammen. Und flammend trat sie heraus aus dem Haus, den Seeleuten entgegen, die voller Angst vor ihr flohen. Sie stürzten zurück auf ihre Schiffe, doch die Frau folgte ihnen nach, setzte Segel und Planken in Brand. Die Seeleute verbrannten auf ihren Schiffen, verzehrt vom eigenen Feuer, und die flammende Frau setzte fortan an jedem Morgen und Abend den Horizont in Brand. Auf dass nie wieder ein Schiff die Insel erreichen möge.

Am Ende der Geschichte, sagt die Fischerin, löschte meine Mutter die Kerze mit bloßer Hand. Und ich war sicher, dass wir die Nachfahrinnen der Flammenfrau waren. Wann immer ich eine Kerze sah, hielt ich die Hand so nah wie möglich an die Flamme. Stellte mir vor, sie hüllte mich ein. Meine ganze Kindheit hindurch hatte ich Brandblasen an den Handflächen.

Die Doktorin bringt dem Hausmeister die Geschichte mit als Geschenk.

Er liest sie. Er sagt, dass er sie kenne. Er kennt sie, doch er erinnert sie nicht.

Das gelbe Haus

Die Frau des Generals erwacht fröstelnd, wie im Fieber. Die Nacht ist kühl geworden, das Ende des Sommers kündigt sich an.

Früher war das die Zeit gewesen, wenn die Alten kamen. Mit geschwollenen Beinen machten sie die wenigen Schritte von der Liege zum Meer, und jedes Mal wunderte man sich, dass sie es wieder herausschafften aus den Wellen.

Abends kamen sie ins Restaurant mit roten Gesichtern und luftig geföhntem Haar. Es waren immer die Alten, die erwarteten, dass man sich an ihre Namen erinnerte und daran, was sie besonders gern aßen. Sie betraten die vollbesetzte Terrasse, umarmten sie wie die lang vermisste Lieblingsnichte und erwarteten, dass sie noch einen Tisch auftrieb nur für sie. Und sie tat es, brachte ihnen Schnaps nach dem Essen und bekam das Trinkgeld mit einem Zwinkern zugesteckt.

Es waren die Wochen, in denen sie am meisten verdiente. Aber auch die Wochen, in denen die Angst vor dem Ende des Sommers in ihr wucherte. Vor der Stille und der Einsamkeit des Winters.

Nur die Musik hatte sie gerettet durch diese Winter. Ganze Tage verbrachte sie am Klavier, lag nachts mit dem Ohr nah am Plattenspieler, um die Eltern nicht zu wecken.

Sie holt die Wolldecken aus dem Schrank, legt sich darunter, doch der Schlaf will nicht mehr kommen.

Im Dunkeln geht sie hinüber ins Klavierzimmer, ertastet den Stoff über dem Instrument, zieht ihn herunter. Sie findet den Hocker, setzt sich darauf. Und blind findet sie den ersten Ton.

Die Bäckerei

Der Hausmeister sitzt vor der Bäckerei. Jemand hat POST auf die Wand gegenüber geschrieben mit ungelenker Schrift und tropfendem Pinsel. Die blauen Buchstaben liegen der Flammenfrau über der Taille, zerteilen sie.

Der Hausmeister muss an eine andere zerteilte Frau denken. Es hatte einen Zauberer gegeben, vor vielen Jahren, der von Hotel zu Hotel zog zur Unterhaltung der Kinder.

Der Hausmeister erinnert sich, dass er und seine Freunde die Vorführungen angeschaut hatten, versteckt hinter Mauern und Büschen. Sie sahen, wie der Zauberer eine blaue Kiste mit silbernen Sternen präsentierte, wie er seine Assistentin anwies, sich hineinzulegen. Und sie tat es, schob den Kopf an einem Ende heraus, ihre pailletenbesetzten Schuhe am anderen. Die Augen öffnete sie weit, wenn der Zauberer eine silbrig glänzende Platte zwischen die beiden Hälften der Kiste schob und ihren Körper in zwei teilte. Dann verschob der Zauberer mit einem Ruck die beiden Teile der Kiste so, dass der Kopf neben den Füßen zu liegen kam. Die offiziellen Zuschauer johlten, die heimlichen Zuschauer drückten sich die Hände vor die Münder.

Doch einmal war der Zauberer unaufmerksam beim Zusammenfügen seiner Assistentin. Er öffnete die Kiste zu schnell und man sah, dass die Geteilte zusammengekauert im oberen Teil lag, dass die herausschauenden Füße nicht ihre waren, sondern bloße Attrappen. Puppenfüße. Damit hatte der Zauber sein Ende und die Inselkinder hörten auf, sich hinter Mauern und Gebüschen zu verstecken.

Die Bäckerin tritt durch die Tür, stellt einen Kaffee vor den Hausmeister, legt ihm die Hand in den Nacken.

Hast du gesehen, wer es war, fragt er.

Nein, sagt sie. Es muss heute Nacht passiert sein. Es war schon so, als ich kam.

Er nickt.

Wirst du es übermalen?

Er überlegt, verneint. Sie haben nicht weniger recht als ich, sagt er. Vielleicht ist es besser, wir belassen es dabei.

Als die anderen kommen, später, grüßt er wie immer, grüßen sie wie immer zurück.

Die Bar

Die Hand ist verheilt, doch die Frau des Generals hat die Abende in der Bar lieb gewonnen. Sie geht schwimmen nach der Arbeit, kehrt danach zurück zur Bar, trinkt Wein oder Bier. Hört der Fischerin zu, die jetzt, wo sie einmal damit angefangen hat, nicht mehr aufhört mit dem Geschichtenerzählen. Sie hat viele gehört in den Jahren auf See.

Als die Welt noch jung war, gab es Krieg in einem Königreich am anderen Ende der See. Der Bruder des Königs wollte den Thron. Ihm stand er zu, fand er, nicht dem Bruder und dessen Kindern.

Bei Nacht wollte er ins Schloss eindringen mit seinen Soldaten, den Bruder, Frau und Kinder töten. Doch einer der Soldaten verriet ihn, und in der Nacht noch entkam die Königsfamilie in einem Boot.

Das Königspaar wollte kämpfen, vorher aber brachte es seine Kinder auf eine Insel, weit entfernt, wo der Bruder sie nicht finden würde. Dort ließen die Eltern die Kinder zurück, mit einem Paar Pfauen zur Gesellschaft. Sie würden wiederkehren, versprachen sie, aber bis heute warten die Nachfahren der Königskinder vergeblich auf die Rückkehr der Eltern.

In der Frau des Generals klingt ein Lied an. Ein Summen, wie das Auf und Ab der Wellen. Ein klagender Schrei, der ungehört über das Wasser klingt. Sie hat es oft gesungen als Kind, doch als sie es jetzt noch einmal singt, spürt sie zum ersten Mal den Schmerz der zurückgelassenen Kinder, sieht das Schiff der Eltern am Horizont verschwinden. Und das Summen am Ende, das langsame Auf und Ab, wird ihr diesmal nicht lang, ist das Summen der Königskinder, die sich eng aneinandergeschmiegt in den Schlaf wiegen.

Sie hatte die Lieder gesungen, als verstünde sie den Text nicht. Nie hatte sie begriffen, was ihre Mutter meinte, wenn sie nach mehr Gefühl verlangte.

Sie hatte diese Einsamkeit nicht verstanden. Sie hatte das Gefühl, verlassen zu sein, nicht gekannt. Damals noch nicht.

Die Bar

Die Doktorin trinkt ein Bier am Abend in der Bar. Sie hört den Barmann nach der Frau des Generals rufen. Sie hört sie kommen. Sieht sie an einem der Tische sitzen mit von der Arbeit feuchtem Haar. Der Barmann bringt Bier und Käsetoast.

Bist du bald fertig, ruft der Hafenwärter zu ihr hinüber.

Bald, sagt sie.

Schick sie zurück zu uns, ruft er. Schick die Fähren zurück.

Vielleicht, sagt der Hausmeister leise neben ihr, wäre es besser, sie kämen nicht zurück. Vielleicht wäre es besser, sie wären nie gekommen. Nur die Doktorin hört ihn.

Vielleicht wäre es besser, sie wären nie gekommen, hört die Doktorin wie ein Echo im Hinterkopf. Denkt: Vielleicht wäre es besser, ich wäre nie gekommen.

Sie hat die Insel nie so gedacht. Nie ohne die Möglichkeit ihrer eigenen Anwesenheit.

Die Touristin fährt auf die Insel, um Abstand von ihrem Leben zu bekommen, Abstand von sich. Die Touristin interessiert sich nicht für die Geschichte der Insel, interessiert sich nur dafür, dass der Platz am Strand mit jedem Jahr weniger wird. Die Touristin ist genervt von den Touristen, den anderen. Sie ist froh, als die Fähren nicht mehr kommen.

Sie will eine Insel. Eine Insel für sich allein.

Die Bäckerei

Die Nächte werden kälter, zunehmend kälter.

Eines Morgens steht die Bäckerin früher auf, macht sich in der Dämmerung auf den Weg in die Backstube. Als der Hausmeister nachkommt, später am Tag, steht Hitze in der Bäckerei und auf Gittern liegen Kekse zum Auskühlen. Durch das doppelte Backen werden sie so hart, dass man sie in Tee tauchen muss, um sie essen zu können.

Auch die Mutter des Hausmeisters hatte diese Kekse gebacken zu Beginn des Winters. Er hatte es geliebt, sie in den schwarzen Tee zu tauchen, bis der Teig sich vollgesogen hatte. Die Kekse selbst schmeckten nach wenig, doch wenn der Tee in sie hineinzog, war da doch ein Geschmack, etwas Würziges. Manchmal hatte er sich einen der Kekse in den Mund gesteckt, daran gelutscht, bis er weich wurde, aber der Geschmack, der besondere, war erst da, wenn das Gebäck getränkt war mit Tee.

Am nächsten Morgen begleitet der Hausmeister die Bäckerin früh in die Bäckerei, hilft ihr beim Verpacken der Kekse. Bald schon werden die Leute kommen, um sich einen Vorrat zu holen für den Winter.

Die Erste an diesem Morgen aber ist die Doktorin. Sie kommt nicht der Kekse wegen, sie bejaht die Frage nach Kaffee, setzt sich nah an den Ofen, reibt sich die Hände warm, bevor sie den Stift greift, bevor sie schreibt.

Ist sie, fragt der Hausmeister die Bäckerin, immer so früh hier?

Nein, sagt sie, sonst nie.

Später, als die Doktorin den Stift zur Seite legt, setzt der Hausmeister sich zu ihr. Er bringt Kaffee für beide. Sie trinken.

Es ist kalt geworden, sagt der Hausmeister.

Sie nickt.

Gibt es einen Ofen in deinem Apartment? Etwas zum Heizen?

Nein, sagt sie. Die Apartments sind für den Sommer gebaut. Ein Winter dort ist nicht vorgesehen.

Wie hast du es gemacht die letzten Jahre?

Ich habe, sagt sie, die Tage im Bett verbracht unter vielen Decken. Lesen lässt sich dort gut. Aber das Schreiben funktioniert nicht. Funktioniert für mich dort nicht. Leider. Ich hätte es gern wie Proust gemacht.

Später am Abend massiert der Hausmeister der Bäckerin die von der Arbeit verhärteten Schultern.

Was würdest du davon halten, sagt er mit Blick auf das Feuer im Kamin, wenn wir die Doktorin bitten würden, in den Sommerpalast zu ziehen?

Er rechnet mit einer Nachfrage, mit Überraschung, doch sie nickt bloß, sagt, dass Platz genug sei. Sagt, dass ihr die Idee gefalle.

Apartment 3B

Gemeinsam mit dem Hausmeister schafft die Doktorin die Bücher zurück in den Sommerpalast, nimmt ihren Koffer mit, die Kleidung, das Schreibzeug.

Das Apartment verlässt sie, wie sie es vorgefunden hatte in diesem lang vergangenen Sommer. Die Bilder hängt sie wieder an die Wand, die grellbunten Sonnenuntergänge, die Schiffe auf hoher See, die Palmen am Strand.

Die Töpfe sind gespült, Handtücher und Bettzeug zusammengelegt. Die Tagesdecke aus dem Schrank geholt und über das Bett gebreitet. Der Boden ist gefegt und die Fensterläden sind geschlossen. Nur eine Tasse hat sie aus dem Schrank genommen. Einen großen Becher mit geschwungenem Henkel und den verblassten blauen Resten eines Werbeaufdrucks.

Sie schließt die Tür ab, als sie geht, lässt den Schlüssel stecken im Schloss, wie sie es früher getan hatte, am Ende des Sommers.

Der Sommerpalast

Die Doktorin lernt, sich im Sommerpalast einzurichten.

Sie bezieht ein Zimmer nahe der Bibliothek. Es ist eines der teuren Zimmer mit schwerem Holzbett, mit golddurchwirkter Tapete, mit Blick in den Garten, mit einer Badewanne auf Katzenpfoten. Früher hatte sie manchmal eine Nacht verbracht in solchen Zimmern, doch nie allein, immer mit den Männern, die diese Zimmer bewohnten.

Ein paar Tage lang bemüht sie sich um Ordnung, bemüht sich, diese Hotelaufgeräumtheit beizubehalten. Als käme noch jeden Morgen der Zimmerservice und zöge die Laken glatt. Doch dann stapeln sich die Bücher, dann häufen sich Kleider auf dem dünnbeinigen Stuhl, dann verteilen sich die Notizzettel im Raum. Und mit wachsendem Chaos fühlt es sich mehr danach an, als wäre der Raum ihrer.

Gemeinsam mit dem Hausmeister schafft sie den kleinen, zarten Tisch heraus, der sich nur zum Schreiben von Postkarten eignet, tauscht ihn gegen den Schreibtisch des Hotelchefs. Ein schwerer Tisch aus dunklem Holz, mit Schubladen, in denen Dinge verschwinden können.

Den Schreibtisch stellen sie vor die großen Fenster, und die Doktorin setzt sich dorthin an jedem folgenden Morgen. Sie sieht das Licht langsam in den Garten sickern. Sie sieht, wie aus den Schatten Bäume werden, Sträucher, ein herumstreifender Pfau. Sie sieht die Bäckerin aus dem Haus gehen. Sie hört den Hausmeister auf dem Weg in die Küche, hört ihn später in den oberen Zimmern bei der Arbeit an seinem Museum.

Sie muss sich daran gewöhnen, kein Haus mehr allein zu bewohnen. Sie muss sich daran gewöhnen, dass es möglich ist, einander in den Fluren zu begegnen.

Die Doktorin sucht nach einem Rhythmus, der zu den neuen Lebensumständen passt. Sie schreibt am Morgen, bis sie nicht mehr schreiben kann, kocht dann Tee in der Hotelküche. Danach macht sie sich daran, eine Ordnung in der Bibliothek wiederherzustellen oder neu zu schaffen. Die Arbeit geht nur langsam voran, weil ihr immer wieder ein Buch in die Hände fällt, in dem sie sich festliest. Doch es macht weiter nichts, sie hat es nicht eilig. Und wenn es Mittag wird, kocht der Hausmeister oder sie tut es. Sie essen gemeinsam auf der Terrasse. Sie schweigen viel.

Am Nachmittag geht der Hausmeister in die Bäckerei und die Doktorin liest oder sie geht in die oberen Räume, um sich die Dinge anzuschauen, die der Hausmeister zusammenträgt, die Kostbarkeiten und den Ramsch. Es gefällt ihr, dass beides nebeneinander steht, als wäre es gleich, gleichwertig. Und vielleicht ist es so. Wer bemisst den Wert der Dinge? Wer bestimmt, dass ein antiker Säbel wertvoller ist als ein Fleischermesser?

An den Abenden geht die Doktorin in die Bar, manchmal begleitet vom Hausmeister und von der Bäckerin, oft allein.

Zum Strand geht sie jetzt selten, setzt sich manchmal ans Wasser für eine Stunde, für zwei. Weiß schon jetzt nicht mehr, wie sie Jahre so verbringen konnte.

Der Sommerpalast

Der Hausmeister sortiert Muscheln nach Form, Farbe, Größe. Am liebsten hat er die ganz kleinen gewundenen Muscheln, die sich aus einer winzigen Spitze spiralförmig öffnen. Perfektion in der Größe eines Fingernagels. Je mehr davon er zusammenträgt, desto deutlicher sieht er die feinen Unterschiede. Die Maserungen, die Farbvariationen, die Beschädigungen, teils scharfkantig, teils glattgeschliffen von Meer und Sand.

Der Hausmeister schlägt die Namen der Muscheln in Büchern nach, schreibt sie mit Sorgfalt auf kleine Karten, die er den Muscheln beilegt.

Er baut eine Vitrine aus drei großen Glastüren. Eine ganze Wand nimmt sie ein, seine Muschelsammlung. Der Rohstoff.

Um diese Wand herum fächert er die Produkte auf, die man daraus gefertigt hatte. Die Armbänder. Die Ketten. Die Schmuckkästchen. Die Windspiele. Die Seifenschalen. Die Boote mit Segeln aus Muscheln. Die mit Muscheln beklebten Spiegel und Bilderrahmen. Die Schlüsselanhänger. Die Schneekugeln mit Glitzer und Sand.

Der Sommerpalast

Es ist noch einmal warm geworden. Ein letztes Aufbäumen des Sommers, bevor es endgültig Winter wird.

Die Bäckerin sitzt mit der Doktorin am Rand des Pools. Um die Schultern tragen sie Decken, ihre Beine sind ins Wasser getaucht.

Die Doktorin bewegt langsam die Beine durch die Kühle, legt das Wasser in Ringe. Neben ihr tut die Bäckerin es ihr gleich. Die Ringe treffen, durchdringen sich.

Sucht er noch nach ihr, fragt die Doktorin.

Nein, sagt die Bäckerin. Ich glaube nicht. Nicht mehr.

Glaubst du, er wünscht sich eine Tochter, ein Kind?

Vielleicht. Er hat nicht davon gesprochen. Bisher nicht.

Und du?

Als ich herkam, hätte ich gern Kinder gehabt. Doch die Männer, die ich kennenlernte, gingen doch immer fort am Ende des Sommers. Und heute ist es vielleicht zu spät dafür.

Meine Eltern, sagt die Doktorin, haben Enkel von mir verlangt. Als wäre ich es ihnen schuldig.

Hast du es gewollt?

Ich nicht. Nie. Nur wusste ich nicht, wie darüber sprechen. Wie es erklären. Es war, als benötigte die Abwesenheit des Wunsches eine Rechtfertigung. *Wer mag die blinde Raserei eines Dichterinnenherzens ermessen, das sich in den Körper einer Mutter gesperrt sieht?* Doch war ich ja keine Dichterin.

Aber du bist es, sagt die Bäckerin, bist es jetzt.

Ja, sagt die Doktorin. Doch heute glaube ich nicht mehr, dass es einer Rechtfertigung bedarf. Wer mag die blinde Raserei einer Frau ermessen, die sich in den Körper einer Mutter gesperrt sieht.

Bist du deshalb hiergeblieben?

Vielleicht auch deshalb.

Sie wendet sich der Bäckerin zu.

Glaubst du, dass es für uns leichter ist, weil wir freiwillig auf die Insel kamen?

Vielleicht, sagt die Bäckerin. Wahrscheinlich. Zumindest wissen wir, dass es anderswo nicht besser ist.

Die Doktorin lacht, kurz nur, mehr ein Husten als ein Lachen. Es fühlt sich fremd an in ihrem Hals. Sie hat, merkt sie, lange Zeit nicht gelacht.

Das gelbe Haus

Das Boot ist seetüchtig, beinahe. Der Frau des Generals bleibt nicht mehr viel zu tun. Am Morgen geht sie nicht in die Bar, bleibt im gelben Haus, um die Segel zu flicken. Sie sitzt an dem großen Esstisch im Wohnzimmer, schneidet Stücke aus einem anderen zerfetzten Segel, setzt sie auf die Löcher im Tuch, näht mit feinem, sehr feinem Stich.

Doch sie hält die Arbeit kaum aus, steht immer wieder auf, geht zu den Pferden, streichelt sie, spricht mit ihnen, zwingt sich zurück an die Arbeit, die ja doch getan werden muss. Am Abend hat sie kaum Fortschritte gemacht. Sie schläft schlecht, will nicht aufstehen am Morgen. So geht es einige Tage. Sie versteht es nicht, versteht sich nicht. Sie will nicht hier sein, will so sehr nicht hier sein, und doch muss sie es, muss sie die Arbeit tun, um wegzukönnen.

Bis ihr aufgeht, dass sie die Arbeit auch woanders tun kann. Sie rafft die Segel zusammen, ihr Flickzeug, trägt es hinunter in die Bar. Der Barmann hat die Möbel von der Terrasse geräumt und ein Feuer entzündet im Ofen. Das Licht ist dämmrig, auf den Fensterscheiben liegt Feuchtigkeit, und hier, endlich, kann sie arbeiten.

Wann ist es passiert, fragt sie sich, dass die Nähe der anderen sie beruhigt? Oder war es immer so gewesen und sie hatte es bloß vergessen, verlernt, in den vielen Jahren allein, beinahe allein?

Du wirst doch bis zum Frühjahr warten mit der Überfahrt, sagt der Barmann, als er ihr Tee bringt.

Sie gibt keine Antwort, bloß ein unbestimmtes Brummen.

Es ist zu gefährlich, sagt er. Warte, bis die Winterstürme vorbei sind. Es kommt doch auf ein wenig mehr Zeit nicht an.

Sie nickt, um das Gespräch zu beenden, nicht weil sie ihm zustimmt. Sie weiß, sie wird fahren, sobald die Arbeit beendet ist.

Die Kälte nistet sich ein und der Hausmeister lässt das Wasser aus dem Pool, deckt eine Plane darüber.

Er lässt die Arbeit am Museum ruhen, um Feuerholz zu schlagen, um die Fenster abzudichten, um die Pflanzentöpfe in den Wintergarten zu schaffen, um Sträucher und Bäume zu schneiden, um die Beete mit Reisig und Laub zu bedecken.

Als er hereinkommt am Abend, bringt die Bäckerin ihm warmen Wein. Er legt die Hände um den Becher, trinkt in kleinen Schlucken.

Früher, erzählt er, gab es ein Fest am Ende des Winters.

Was für ein Fest, fragt die Bäckerin.

Die Kinder bemalten die Straßen mit Kreideblumen und die Eltern buken Brot. Jede Familie hatte ihr eigenes Rezept. Man aß Butter dazu und Marmelade vom Vorjahr. Man trank Wein aus unglasierten Tonbechern, die man sich an Bändern um den Hals hängte. Wir Kinder bekamen Traubensaft, der staubig schmeckte aus den Bechern, aber wir füllten sie trotzdem immer wieder nach. Und unsere Eltern beobachteten wir dabei, wie sie betrunken wurden, wie sie miteinander tanzten zum Geigenspiel des Musiklehrers. In jedem Jahr fand das Fest an einem anderen Ort statt. Mal auf der Straße, mal im Garten eines Hotels, mal unten am Strand.

Ich erinnere mich nicht daran, sagt die Bäckerin. Ich erinnere mich nur an Feste in den Hotels.

Sie haben damit aufgehört, lange bevor du kamst.

Warum?

Ich weiß nicht. Ich glaube, die Fähren kamen immer früher. Ich glaube, man war damit beschäftigt, die Zimmer herzurichten, die Fassaden zu streichen. Ich glaube, dass ein Hotel damit anfing, ein Fest für die Gäste auszurichten zum Beginn der

Saison. Ich glaube, dass andere Hotels folgten. Ich glaube, dass man meinte, keine Zeit zu haben für ein eigenes Fest.

Man könnte wieder anfangen, jetzt.

Man könnte.

Der Sommerpalast

Die Doktorin bringt dem Hausmeister Tee am Nachmittag, stellt die Tasse vorsichtig ab auf einem kleinen Tisch, zwischen einem goldenen Ring, einem blonden Toupet, zwei Einmachgläsern voll Sand.

Auf dem Boden häufen sich weitere Gegenstände. Zurückgelassenes von Gästen diverser Hotels. Haarbürsten. Ein blauweiß gestreifter Badeanzug. Eine Unterhose aus cremefarbener Spitze. Ein Stoffdinosaurier. Ein Skizzenbuch. Zwei elektrische Zahnbürsten.

Manchmal, sagt die Doktorin, frage ich mich, was aus meinen Dingen geworden ist, drüben. Aus meinen Fotografien, meiner Kleidung, meinen Büchern.

Was würdest du dir wünschen, fragt er.

Ich weiß nicht, sagt sie. Manchmal ist es schön, zu glauben, dass die Zeit dort stehengeblieben ist, dass mein Leben darauf wartet, fortgesetzt zu werden. Doch meist ist das die schlimmste aller Vorstellungen. Vielleicht würde ich mir wünschen, dass meine Dinge sich verteilt haben, zerstreut. Dass meine Kleidung an anderen durch die Stadt spaziert, dass meine Bücher von anderen gelesen werden. Vielleicht wünschen wir uns alle, dass irgendetwas von uns sich weiterträgt.

Schreibst du deshalb, fragt der Hausmeister, um eine Spur zu hinterlassen?

Ich glaube nicht, sagt die Doktorin. Ich glaube, ich schreibe, um etwas zu begreifen. Vielleicht aber mache ich mir etwas vor. Vielleicht geht es immer bloß um Spuren.

Das Meer

Als das Boot fertig ist, sagt die Frau des Generals es niemandem. Nur von den Pferden verabschiedet sie sich, legt jedem von ihnen kurz die Hand auf den kräftigen Schädel.

Sie lädt Lebensmittel in das Boot, Kanister mit Wasser, eine kleine Tasche mit Kleidern. Sie wird neue Kleider kaufen, drüben. Wird herausfinden, was man dort trägt. Wird sich umkleiden, einfügen. Auch eine Blechdose nimmt sie mit. Es sind Scheine darin, ein ganzes Vermögen. Sie weiß nicht, ob es noch etwas wert ist, drüben.

Sie lässt das Boot am Abend zu Wasser wie zur Probe. Wie um zu sehen, ob das Wasser sie trägt.

Einige Verluste

Den Kutschen faulen die Achsen weg, von den Häusern bröckelt der Putz, der Asphalt bekommt Risse.
Und eines Abends stürzt das erste Hotel in sich zusammen.
Als die Übriggebliebenen den Strand erreichen, steht das Hotel nur noch zur Hälfte da. Stück für Stück bricht ab vom Gebäude, bis es schließlich ganz nachgibt, bis auch der Rest in sich zusammenfällt.
Im letzten Licht sehen sie, wie der Staub sich legt, wie eine Möwe sich auf einer Messinglampe niederlässt, die aus den Trümmern ragt.
Dann gehen sie ihre Hämmer holen, ihre Äxte, legen Feuer an die Hotels und Cafés am Strand.

Das Meer

Die Frau des Generals sieht den Einsturz vom Meer aus. Sie holt die Segel ein und treibt auf den Wellen.

Es wird nicht dunkel in dieser Nacht. Die Holzhäuser an der Promenade brennen hell und die Luft ist schwer von Rauch.

Sie könnte die Segel setzen. Aufbrechen.

Sie könnte sich von den Wellen an Land spülen lassen. Zurück zum Haus gehen. Die Pferde füttern.

Sie tut beides nicht, vorerst nicht, bleibt sitzen im Boot.

Immer wieder zieht die Strömung sie weg von der Insel, immer wieder treiben Wellen und Wind sie erneut darauf zu.

Zitate

Da kommt diese Angst. Nicht die vor der Nacht, sondern gleichsam eine Angst vor der Nacht im Hellen. Die Stille der Nacht in der prallen Sonne.
Marguerite Duras: Das Nachtschiff. Caesarea. Die negativen Hände. Aurelia Steiner. Aurelia Steiner. Aurelia Steiner, 1. Aufl., Frankfurt am Main: Suhrkamp, 1992, S. 23

Früher wußte ich zu lesen. Wenn ich heute lese, verliere ich mich.
Fernando Pessoa: Ich Ich Ich, 2. Aufl., Frankfurt am Main: S. Fischer Verlag, 2018, S. 69

Time passes.
Joan Didion: Blue Nights, London, Great Britain: Fourth Estate, 2011, S. 13

Ich schulde mich ihnen, ich schulde ihnen eine Ansehnlichkeit.
Katrin Köhler: Das existenzialistische Musical, in: Manuskripte 239

Wenn ich hingegen ›heute‹ sage, fängt mein Atem unregelmäßig zu gehen an, diese Arhythmie setzt ein […] Nur ich fürchte, es ist ›heute‹, das für mich zu erregend ist, zu maßlos, zu ergreifend, und in dieser pathologischen Erregung wird bis zum letzten Augenblick für mich ›heute‹ sein.
Ingeborg Bachmann: Malina, 1.Aufl., Frankfurt am Main: Suhrkamp Taschenbuch, 1980, S. 9f.

[…] Und manchmal weiß man also doch, wann es angefangen hat, wie und wo, und welche Tränen zu weinen gewesen wären.
Ingeborg Bachmann: Malina, 1. Aufl., Frankfurt am Main: Suhrkamp Taschenbuch, 1980, S. 22

Im Prinzip gibt es nur zwei Arten von Literatur, die nacherzählende und die suchende, und keine ist mehr wert als die andere, außer für denjenigen, der eher die eine als die andere praktiziert.
Annie Ernaux: Erinnerung eines Mädchens, 2. Aufl, Berlin: Suhrkamp Taschenbuch, 2020, S. 105

Wer über das Mädchen nachdenkt, denkt über Anfänge nach.
Teresa Präauer: Mädchen, Göttingen: Wallstein Verlag 2022, S. 38

Gebäude, die man nicht baut, verfallen nicht.
Fernando Pessoa: Ich Ich Ich, 2. Aufl., Frankfurt am Main: S. Fischer Verlag, 2018, S. 69, S. 222

Man findet die Einsamkeit nicht, man stellt sie her. Einsamkeit stellt man allein her. Ich habe sie hergestellt.
Marguerite Duras: Schreiben, 1. Auflage, Frankfurt am Main: Suhrkamp Verlag, 1994, S. 11

[…] denn wer mag die blinde Raserei des Dichterinnenherzens ermessen, das sich in den Körper einer Mutter gesperrt sieht?
Virginia Woolf: Ein Zimmer für sich allein, München: Anaconda Verlag, 2020

DAS GELBE HAUS
APARTMENT 38
DIE BAR
DER HAFEN
DIE BÄCKEREI
DIE KIRCHE
DIE POST

DER SOMMERPALAST
DER FRIEDHOF
DIE VILLA
DIE MÜHLE

Bibliografische Information der Deutschen Nationalbibliothek

Die Deutsche Nationalbibliothek verzeichnet diese
Publikation in der Deutschen Nationalbibliografie;
detaillierte bibliografische Daten sind im Internet
über http://dnb.d-nb.de abrufbar.

Zweite Auflage

www.wallstein-verlag.de

Vom Verlag gesetzt aus der Bembo
Umschlaggestaltung: Thea Mengeler und Melanie Drechsler
Druck und Verarbeitung: Pustet, Regensburg

ISBN 978-3-8353-5585-9